心灵瑜伽

Please love
in the way
as it is

崔修建 / 著

如果爱 请 这样爱

中国书籍出版社
China Book Press

图书在版编目（CIP）数据

如果爱，请这样爱 / 崔修建著 . —— 北京：中国书籍出版社，
2015.5
ISBN 978-7-5068-4926-5

Ⅰ . ①如… Ⅱ . ①崔… Ⅲ . ①散文集—中国—当代
Ⅳ . ① I267

中国版本图书馆 CIP 数据核字（2015）第 108849 号

如果爱，请这样爱

崔修建　著

图书策划　武　斌　崔付建
责任编辑　武　斌
责任印制　孙马飞　马　芝
出版发行　中国书籍出版社
地　　址　北京市丰台区三路居路 97 号（邮编：100073）
电　　话　（010）52257143（总编室）（010）52257140（发行部）
电子邮箱　eo@chinabp.com.cn
经　　销　全国新华书店
印　　刷　三河市华东印刷有限公司
开　　本　880 毫米 ×1230 毫米　1/32
字　　数　220 千字
印　　张　9
版　　次　2015 年 6 月第 1 版　　2018 年 5 月第 3 次印刷
书　　号　ISBN 978-7-5068-4926-5
定　　价　45.00 元

版权所有　翻印必究

目 录

第一辑　爱的纯净：知道你冷，所以我来

老师的样子像天使 …………………………… 003
举手之间，善美花开 ………………………… 007
野菊花记得你的歌 …………………………… 011
甜润一生的柿子 ……………………………… 015
会飞的发卡 …………………………………… 018
落泪是金 ……………………………………… 023
曾经那样真真地爱过 ………………………… 025
知道你冷，所以我来 ………………………… 029
光阴珍藏的那些美好 ………………………… 033

第二辑　爱的明媚：一念善心，温暖一生

把我的明媚送给你 …………………………… 039
幸福像花儿一样 ……………………………… 042
刻骨铭心的 2 分 ……………………………… 045
在相逢的站台告别 …………………………… 050

真正的才女	054
他最开心的那一天让人落泪	056
蹲下来，看到爱	060
今夜，我为你写一首清纯的小诗	062

第三辑　爱的认真：一朵朵绽开的都是美好

倾听花开的声音	067
赚快乐更重要	070
一张白纸可以画满心愿	073
永远的糖醋黄瓜	076
为女儿颁奖	080
你是我永远的"公主"	083
最美的母亲	089
收藏每一缕阳光	093
情意缤纷的笔名	096
老师，我相信石头会开花	099

第四辑　爱的沉浸：滋润心灵的甘霖

美给自己看	103
凝望生命的绿草地	107
散落在岁月深处的花瓣	110
用什么改变智商	116
眼前就有好风景	118
滴入心灵的甘霖	121
书香满屋	124

有了方向，就会找到路 …………………………… 127
我收到的最大一笔稿费 …………………………… 130
让心中时时充盈着爱意 …………………………… 133

第五辑　爱的执著：老去的是光阴，年轻的是真爱

最幸福的理发师 …………………………………… 137
只要你心里的花还开着 …………………………… 140
尚奶奶的小说 ……………………………………… 143
苦难，在习惯中凋零 ……………………………… 146
默默地喜欢他，一去经年 ………………………… 149
无法删掉的手机号码 ……………………………… 152
投递阳光 …………………………………………… 155
无缘的爱还要走多远 ……………………………… 158
每天多领跑 5 米 …………………………………… 161
周游世界可以如此轻松美妙 ……………………… 166

第六辑　爱的温馨：与你暖暖地相遇，与我美美地相知

母亲在看着我 ……………………………………… 171
一把花籽，满园芬芳 ……………………………… 174
牵着女儿的手 ……………………………………… 179
久久飘逸的馨香 …………………………………… 183
谁知道他的冷和暖 ………………………………… 186
陪你走一程 ………………………………………… 190
你是我的好兄弟 …………………………………… 193

美丽的土豆 …………………………………… 198
难忘那一语暖暖的问候 ……………………… 201

第七辑　爱的幸福：爱在，每一天都是有情天

爱谁都好 …………………………………… 207
幸福着他们的幸福 …………………………… 209
白桦林之恋 ………………………………… 212
一枚铁戒指 ………………………………… 218
做一个幸福的生活家 ………………………… 222
共守一份青春的秘密 ………………………… 226
桃花村里的丑奶奶 …………………………… 230
他让苦瓜无比香甜 …………………………… 234

第八辑　爱的智慧：给每个心灵都贴上红色的标签

呵护孩子晶莹的心愿 ………………………… 241
贴在心灵上的红色的标签 …………………… 245
今生没有赶赴的约会 ………………………… 248
喜欢不等于爱 ………………………………… 252
别拿走了女儿的快乐 ………………………… 254
陪着儿子做"护花使者" …………………… 258
让孩子从小就享受成功 ……………………… 263
赞赏儿子的工作 ……………………………… 267
多给孩子补些苦 ……………………………… 270
沉浸在一片静美里 …………………………… 274
那一缕温暖叫永远 …………………………… 277

第一辑

爱的纯净：知道你冷，所以我来

清澈如水的爱，会洗涤生活里的尘埃。在远离纯真的年代，我们依然能够看到纯真的爱，那是花蕊上晶莹的露珠，是藏在心底的金子，因为那份人间烟火里的纯净，我们蓦然发觉：那样爱着，真好。

老师的样子像天使

这是一位好友讲述的真实的故事——

我支教的学校是一个异常干旱的山区,到处是裸露的山岩,难得看到几抹绿色。村里的男人几乎全出去打工了,女人也出去了大半,留守的大多是老人和孩子。村里有一所小学校,破败不堪,除了一个跛脚的老教师,其他老师忍受不了这里生活的艰难和收入的微薄,都陆续地离开了。

我这个来自大城市的大学生刚一进村子,就听到有人大声地打赌,嚷着说我呆在这里肯定不会超过三个月。的确,村里的教学和生活环境,都远远超出了我的想象,如果不是亲历,实在难以相信,在 21 世纪的今天,在西部还有那样闭塞、落后的地方,连辛苦收集来的发霉的雨水,都那么珍贵。我想洗一次澡,要花费一天多的时间,转三次车,赶到几百里外的县城,才能找到一个浴所。

我教三、四两个年级的语文课,学生的基础差得叫人触目惊心,许多学生连拼音也不会，错别字随处可见，一个简单的造句，也经常会出语病。因为老师来来走走，学生们总是时断时续地上课，所学的东西都快遗忘干净了，一些学生对学习也没了兴趣。

我教的班上有一个叫望富的学生，他是一个非常懂事的男孩，学习刻苦，成绩最好。每当课堂上有学生调皮，他都会站起来帮我管住。我问他的理想是什么，他说要做一个像我这样的好老师。我说自己还算不上一个好老师，他说能在这么艰苦的地方呆住的就是好老师。

望富的家里离学校非常远。我问他到学校的路有多远，他说不上来，只说如果跑着走，最少需要两个多钟头。望富的回答激起了我要一探究竟的好奇。周末放学时，我提出要与望富一同回家，去做一次家访。

望富惊恐地阻拦我："老师，你别去了，太远了，路还不好走，会累着你的。"

"没事儿的，老师不是那么娇惯的，我在大学里还是长跑运动员呢。再说了，你不是每天都要往返于学校和家之间么？"我换好了一双轻便的旅游鞋。

刚一出校门，望富便从帆布缝制的书兜里掏出一双草鞋快速换上，我愕然发现他没有穿袜子，只是在脚上缠了两条布带。他羞涩地告诉我，山路崎岖，很费鞋的，他穿的草鞋是自己编的，布带是捡来的。

我和望富边走边说，不知不觉间三个小时过去了，我的双腿已酸涩得迈不动了，天色也已暗了下来，还没到他的家。我问他还有多远，他说快走还得半个小时。

好容易走到望富家，一下子坐到他家门口的石凳上，我累得再也站不起身来了。很快，望富端来了半盆热水，让我赶紧泡泡脚。

我先洗了脸，又叫望富也过来洗洗，并把随手带的一块香皂递给他，他把香皂放到鼻前贪婪地闻闻，说了声"好香"，却没舍得用，而是叫过妹妹也来闻闻。看到他们那样爱不释手，我就送给了他们，两个孩子连连道谢，脸上是一览无余的欢喜。

我脱下磨了两个洞的袜子，舒坦地泡了脚。我起身要将泡脚水浇到院子里的花坛中，望富却宝贝似的端到一旁，让患了白内障的奶奶坐下来，慢慢地帮着奶奶洗脚，看到奶奶那副很享受的样子，我的心里暖暖的，只想落泪。接着，望富又让妹妹过来洗了脚。那盆水已经很混浊了，望富才把双脚放进去，他说真的要感谢我，让他和奶奶、妹妹都借光洗了一次脚。

晚饭是望富和妹妹一起做的：小米干饭，一盘炒蕨菜，一小碗炒鸡蛋，还有一小碗萝卜咸菜。望富不停地往我碗里夹鸡蛋，他的筷子却总是瞄着萝卜咸菜。

这时，我才知道，望富家是村子里最穷的一家，母亲是得了肝腹水去年去世的，父亲常年在外面打工，妹妹已辍学在家两年多了，他是靠希望工程的捐助才返回校园的。

回到学校，我在书信中向远方都市里的同学们讲述了支教学校的情况。很快，同学们捐献的衣物、书籍等，便从四面八方邮寄到学校里，有一位中央大报的记者还专程来采访了一次，图文并茂的报道过后，又引来很多热心人的关注和帮助，其中，最大的帮助是，有人出资帮村子里和学校各打了一口深水井，基本上解决了饮水难的大问题。

我只不过是做了一点点举手之劳的小事，但很多学生和家长都感激地称我是美丽的天使。

望富的妹妹又能上学了，她洗得干干净净的笑脸上，散着淡淡的皂香。下了课，她就趴在办公室的门口，目不转睛地盯着我看，一次又一次，我看到了，她就跑开了。没多久，她又在盯着我看。

当我好奇地抓住她，问她为什么总是看我。她仰起天真的笑脸，告诉我："老师，我不知道美丽的天使长的是什么样子，可我相信，天使一定和老师是一样的。所以，我看着老师，就是看着美丽的天使。"

我激动地把她揽到怀里，轻轻地摩挲着她的小辫，眼角一阵灼热。

举手之间，善美花开

那个周日的早上，我把女儿送进了艺校舞蹈班，便朝新华书店的方向走去。

穿过两条小街，我的目光忽然被前面十字街口的一群围观的人吸引过去。走近了，只见一个胖胖的中年妇女，正大嗓门地训斥着一个眼含泪珠的小女孩，小女孩大约五六岁的样子，干瘦的身子，穿了一件肥大的衣裳，正垂着头瑟瑟发抖。从胖女人向围观者絮絮的吵嚷中，我大概了解了事情的前因后果——原来，小女孩经常在这个报摊周围转悠，馋巴巴地看着报摊上那些花花绿绿的杂志，却没有钱买。那天，她趁胖女人不注意，从书摊上拿了那本封面有一个金色小浣熊的画报便想跑，胖女人发现了，并一把揪了过来。

胖女人说自己早就瞧她的眼神不对劲儿，果然是个小偷，非得把她的父母找来，让他们好好管教管教她。

小女孩小声地辩解着："我不是小偷，不是小偷，我要买那本画报。"

"买画报？你的钱呢？"胖女人一脸的鄙夷。

"我要回去找妈妈要，明天是我的生日，妈妈会给我钱买生日礼物的。"小女孩揉搓着宽大的衣襟。

"哼，小嘴还在撒谎。"胖女人摆出一副洞若神明的不屑。

"真的，我……我……我没有撒谎。"小女孩急得脸都红了。

这时，我径直走过去抱起小女孩，从她的衣兜里掏出十元钱，塞到她的手里，对她说："孩子，你怎么忘了，妈妈昨天就已经给你买书的钱了。"

"我……我……"举着那张崭新的钞票，女孩不无疑惑地望着我。

"孩子，快去把钱送给阿姨，说一声对不起，我们回家过生日。"我放下小女孩。

"你是她的什么人？"胖女人惊愕地望着我。

"我是她的舅舅，我可以证明她不是小偷，今天和明天她都不是，她只是太想得到那本画报了。"我郑重地一字一字地强调。

"就信你一回吧。"胖女人麻利地找零，我把那本小女孩心仪已久的画报交到她手里，抱着她昂然地走过众人注视的目光。

"舅舅，我不认识你啊！你怎么知道妈妈给我兜里装了钱？我早上起来掏兜时还没有呢，妈妈什么时候放进去的？"小女孩仰起灿烂的笑脸。

"可是我认识你啊，或许是妈妈太忙了，就让圣诞老人悄悄放进去的吧。"

"舅舅说得对，妈妈整天忙着收废品，特别忙，准是她让圣诞老人悄悄放进我衣兜里的。"小女孩欢快地跳起来。

接下来，我从小女孩的讲述中，知道了她叫小雪，她的爸爸因病去世后,她和妈妈相依为命,妈妈干过很多脏活累活,现在正和几个老乡合伙收购废品。妈妈说要给她攒钱,让她像城里的孩子一样去读书。

12年后的一个夏夜,我随手打开电视,本省电视台一个很有名的访谈节目正在进行中。那天,坐在主持人面前接受记者采访的,是一个豆蔻年华的少女。作为本市今年的高考状元,她没有谈自己刻苦学习的经历,而是动情地讲述了自己六岁时的一件小事。

哦,是小雪。我的眼前立刻又浮现出那个早上她捧着画报时的神情。

果然是小雪。她讲完了故事,拿出了那本精心保管的画报,封面上那只憨态可掬的小浣熊,仍那样地惹人喜爱。小雪举起画报,冲着电视机前的观众,满怀感激地说道:"就是这本洒金的画报深深地影响了我的人生,它让我永远地记住了一个简单而深刻的道理——无论是自己多么喜欢的东西,都要光明磊落地去获得,而不能找任何借口去玷污它。当年,那位好心的舅舅悄悄塞到我兜里的十元钱,不仅帮我洗去了'小偷'的污渍,还让我懂得了这世界上有那么多的真爱,就在我们的身边,我们每个人都会遇到。那天,当我向妈妈讲起这本画报的由来时,妈妈就叮嘱我,一定不要辜负了好心舅舅的关爱。"

真没有想到,当年极其偶然的一个小小的善举,对小雪竟会那样重要。

"现在,我要向那位至今不知名的好心的舅舅再次大声地说一句谢谢,谢谢您送给我的最珍贵的生日礼物。"小雪将那本画报抱在胸前,起身深鞠了一躬。那一刻,我看到主持人的眼里也盈满了晶莹的泪花。

哦,我也应该谢谢小雪,因为她,我才恍然发觉:纵然只是微不足道的一缕阳光,也会温暖风中的一枚叶片。每个人都不应吝啬爱的播撒。有时,即使是陌路人不经意间的一点点的爱,也会迸发出无比神奇的力量,诞生令人惊讶的美好。

野菊花记得你的歌

那是风景最宜人的八月，刚从音乐学院毕业当了教师的我，驾车去了神往已久的呼伦贝尔大草原。举目望去，澄净无比的蓝天上飘着朵朵洁白如絮的云，浩瀚无边的碧绿草海上，闪着银光的湖水如飘舞的哈达，移动的羊群星星一样点缀其间。那份天生的辽阔与安详，令我情不自禁地哼唱起了《美丽的草原》。

正沉浸于眼前的美景之中，忽然，有优美、动听的歌声传入了耳畔。回转身来，我看到一个细瘦的蒙古族小姑娘，赶着一群羊，手里拿着一束鲜艳的野菊花，扑闪着一双亮眼睛，正旁若无人地纵情放歌。

"真好听！你真是天生的草原歌手，跟谁学的？"我惊讶她的嗓音那么好。

"跟妈妈学的，她还会唱长调呢，我姐姐唱得比我还好呢。"她眼睛一亮，旋即暗淡下去。

"是吗？你能带我去见见你妈妈吗？我想向她请教一下。"我特别喜欢蒙古长调，没想到竟会在这里与草原上的高人不期而遇。

"我的妈妈去年死了。"忧伤无遮拦地浮现在她的脸上。

"哦，对不起，我触动你的伤心地了。"我为自己的冒失心生愧意。

"你刚才唱的歌很好听啊，能教我吗？"她转了一个话题。

"当然可以，但你要把自己会唱的歌教给我。"我提议。

于是，跟着缓缓向前移动的羊群，两个人你一首我一首地唱了起来。坦率地说，她唱的歌都很美，她天赋的音乐素质，是十分难得的。交流中，我了解到，她叫萨日娜，只读过四年的书，她不会乐谱，也没有接触过任何乐器，但别人唱的歌只要听上两遍，她基本上就能唱出来。

"如果你能够到正规的音乐学校学习一下，你会成为一个优秀的歌手。"我不禁为她埋没于茫茫草原、不为人知而惋惜起来。

"那是不能想的事情，父亲瘫了，家里欠下几万元钱的债，去年冬天那场大雪又冻死了30多只羊……"萨日娜不无伤感地连连摇头。

"哦，真是不幸！"我一时也不知道该怎样帮助她。

"能唱歌，我就很知足了，别的不是我敢想的。"困窘的生活已让萨日娜不愿在心里生长更多的希望。

"还是应该努力的，你还这么小。"我真的不愿意一眼就看到这个16岁的小姑娘的未来。

"再努力，恐怕还是要走姐姐的路，只希望晚两年出嫁。"萨日娜的姐姐嫁给了一个牧民，20岁的她已是三个孩子的母亲，劳碌让她一下子苍老了足有十岁，一副好嗓子再也唱不出动听的歌了。

"你不会的。"我赶紧安慰她，那苍白无力的话语，说得自己心里都有些难过。

"谢谢你的歌,你是一个好人!"暮色降临了,她把手里的野菊花送给了我,赶着羊群要翻过前面的高岗回到栖居的蒙古包。

"也谢谢你,萨日娜,争取明年我还来草原,还能和你一起唱歌。"我喉间有些发哽。

"我等你!"她甜甜地笑了,夕阳在勾勒着她别样的美。

回去的路上,我的脑海里不断地晃动着萨日娜的身影,我翻来覆去地思考着怎样帮助一下她,但始终没有找到好的办法。

回到单位后,我立刻投入到紧张的教学工作中,随即开始准备博士研究生考试,然后是边工作边攻读博士学位。整日的忙忙碌碌之余,我还要参加不少诸如当评委、搞讲座之类的社会活动。似乎很自然地,我渐渐地忘却了萨日娜,忘了我们曾经的草原之约。

一晃三年过去了,我应内蒙古的一位师兄邀请,再次去呼伦贝尔大草原游览。我想起了萨日娜,很想知道她的近况。

当我辗转了几乎整个草原之后,我才惊愕地得知:一年前,萨日娜便已死了,因为难产。

怎么会是这样?我为做梦也不会想到的这样的结局扼腕痛惜。

萨日娜说过自己最怕嫁人的,但还是不满18岁就嫁人,并在她18岁生日的前一天,痛苦地走了。

她的姐姐告诉我,那次相逢,萨日娜特别高兴,因为得到了老师的肯定,她更喜欢唱歌了,她又学会了好多的歌,还等着唱给我听,等着我唱给她听呢。

一瓣瓣的野菊花撒落下来,我慢慢地走在广袤的草原上,唱着一支又一支深情的歌。我相信,已经和草原融为一体的萨日娜,一定能够听得见。虽然很多人不知道萨日娜,不知道她青春的歌声曾怎样的美丽,但野菊花一定记得。

也许应该相信萨日娜的姐姐所说的："就像草原永远都会盛开美丽的野菊花，萨日娜从来都不会停止歌唱的，她在苦涩的人间有欢快的歌唱，在天堂一定有更幸福的歌唱。"

给世界以歌声，无论尊贵还是卑微，无论是悲伤还是喜悦，不论是坎坷还是顺畅，心头只要有热爱的旋律，生命的内涵就会丰富许多，生命的色彩就会绚丽许多……萨日娜，我替你说出了你歌声背后的想法，对吗？

甜润一生的柿子

天渐渐地黑下来了。揣着满怀的忐忑,他紧张地跟在同桌的身后,慢吞吞地朝师大那个试验园走去。高三的同桌一脸轻松地告诉他:"跟着我走,保证没有事儿的,上次大白天我都抱回来一个大西瓜呢。"

同桌是那天去师大看表姐时,偶然发现了校园一角生物系做试验的小菜园,那里面种着许多市场上根本都买不到的蔬菜瓜果。禁不住那些鲜艳欲滴的果实的吸引,同桌悄悄地扒开木栅栏钻了进去,带回了一兜的兴奋。

来到试验园跟前,同桌去四周细细地侦察了一番,向他发了一个"平安无事"的信号,他便跟着同桌飞快地钻了进去。他刚刚手忙脚乱地摘了几个柿子,就听到不远处有人脚步匆匆地朝这边跑来。

不好,他们被发现了,同桌经验老到地钻出木栅栏缺口,迅速逃之夭夭。他却双腿一软,瘫坐在那里,怀里的柿子滚落到地上。

"完了，若是被告到学校去，肯定得挨严厉的处分甚至可能被开除，大学的梦想也许就此断了，下岗后脾气变得更加暴躁的父亲会狠狠地揍自己一顿，当保洁工的母亲会更伤心地抬不起头来。"他万分沮丧地双手捶头，懊悔不该受了同桌的一再怂恿，让自己陷入这样无法挽回的窘境。

那位老教授走过来，拾起那几个刺目的柿子，伸手将他拉起来。他就那么乖乖地跟在老教授身后，走到对面楼的一间办公室里。

"吓着你了吧，孩子？"老教授轻轻拍拍他的肩膀。

"我……我……我……"他喏喏地不知该说什么。

"谢谢你啊，帮我摘了这些柿子，我这两天正想品尝品尝它们的味道呢。"老教授微笑着。

"我……我是第一次……"他紧张得手足无措。

"看出来了，连这个没有熟透的都摘下来了，有点儿可惜了。"老教授把洗净的柿子放到一个盘子里，放到他面前。

他羞红着脸："太紧张了，只顾着挑大的摘了。"

"哦，这一方面你可就不如我了。当年在农村当知青时，我们好几个人一起去偷生产队种的香瓜，伸手不见五指的晚上，我摸回来的个个都是熟透的香瓜，那叫人羡慕的技术啊……"老教授呵呵地笑着，仿佛在讲着别人的故事。

他被逗笑了："就因为这个，您不打算惩罚我了？"

"惩罚？你想让我怎么惩罚你啊？找你的学校、找你的家长，弄得满城风雨？"老教授严肃地盯着他的眼睛。

"您辛辛苦苦做的试验，我不该……"他知道遇到了好人，内心更愧疚了。

"知道就好了，你现在帮我一个忙，尝尝这个柿子味道怎么样？"老教授挑选了一个最红润的递给他。

他轻轻地咬了一口:"真好吃!比市场上卖的甜多了,皮薄,肉也厚。"

"这可是我花了五年多的时间,才培育出来的新品种,还没有命名呢,你是第一个品尝者,得帮着我取一个好听的名字啊。"老教授慈爱地望着他。

再后来,他考上了研究生,做了老教授得意的弟子,培育出很多的蔬菜新品种,成为国内外著名的年轻科学家。

他常常向人们讲起那个夏夜发生的故事,他说老教授递给他的那个柿子有着一种特别的甜味,会甜润他的一生。

会飞的发卡

第一次在精品屋里看到那个漂亮的发卡，安宁的心便被紧紧地攫住了。

此后的好几个月里，那个设计精妙、色彩艳丽的蝴蝶形发卡，便常常在安宁的脑海里翩然起舞，好几次还闯进了她甜蜜的梦乡，带着她快乐地飞翔。

读高三的安宁，无法向父母开口要钱买那个自己内心里喜欢不已的发卡，因为它近 300 元钱的价格，实在是太昂贵了，而她的家境实在是艰难：父亲下岗多年，一直在打着报酬可怜的零工，做清洁工的母亲每月微薄的收入和低保金差不了多少，奶奶又长年卧病在床，父母能省吃俭用供她读高中，安宁已经很知足了，她从不敢在吃穿用等方面再奢望更多。

然而，似乎越是得不到的东西越显得珍贵，更何况那是她心里最喜欢的东西呢。安宁无法拒绝那个美丽的发卡的诱惑，甚至在学习最繁忙的那段日子里，她还几次挤出时间匆匆跑去那个精品屋，只为看一眼那个令她爱不释手的发卡。这是她18岁的秘密，带着一缕不能向任何人诉说的淡淡苦涩。

令安宁惊喜万分的是高考前一个月的一天，一直萦绕在她心头的那个心爱的发卡，竟然真实地飞到了她的手上。原来，在那家大商场打工的姑姑偶然窥见了她的秘密，便毅然决定送她这份礼物，期望她能怀着最好的心情走进考场。

漂亮的发卡托在手上，安宁轻轻地抚摸着，细细地端详着，喜悦蓬蓬勃勃地舒展开来。认真地洗过头发，端坐在书桌前，安宁对着圆圆的小镜，颤抖着双手戴上那个精美的发卡。在那一瞬间，她感觉自己也陡然变成了一只轻盈的蝴蝶，不禁舒展开双臂，在那狭窄的小屋里欢快地旋转了两圈。

安宁慢慢地摘下发卡，把它恋恋不舍地放进书桌的抽屉里，她不想马上戴着它出现在老师和同学们面前，她准备在高考那两天才戴上这只漂亮的蝴蝶，她相信它能给自己带来一份最真实的激励，能给自己带来一份好运。

当然，每天独在小屋紧张地复习功课之余，安宁总会悄悄地打开抽屉，看看那只振翅欲飞的蝴蝶，似乎只是匆匆地瞄上那么一眼，她心里就有一股说不出的欣悦。

汶川大地震发生后的第三天，班级里转来了一个叫程倩的女孩，她是避震到舅舅家来的，临时插到安宁的班级。那会儿，同学们虽然已进入高考复习的"冲刺阶段"，但大家始终都十分关注有关抗震方面的事情，同学们都踊跃地为灾区捐款捐物，安宁还放弃了一本早就看好的复习资料，将省下的钱全捐了出去。

对程倩的到来，老师和同学们奉上了最大的热情，每个人都表达了真诚的欢迎和关爱，让程倩感受到了回家一样的温馨。长得小巧玲珑的程倩，微笑时，嘴角便露出一个甜甜的小酒窝。安宁坐在她的右边，很羡慕她那一头浓密、乌黑的秀发，悄悄问她怎么保养的，程倩说她家乡的每个女孩的头发都是这样的，没有特别用心地呵护。

这一天晚上临睡之前，安宁又习惯性地拉开那个抽屉。咦，自己心爱的发卡怎么不见了？她噼哩啪啦地把书桌所有抽屉里的东西都倒了出来，仔细地翻拣了一通，还是不见发卡的踪影。

被惊动的父亲过来看看，也纳闷地说："奇怪了，我们谁也没有动它呀，难道它还能飞了？"

"是啊，它还能飞了？"安宁明明记得前天晚上还看到了呢。

"先歇息吧，等你妈妈回来再让她帮你找一找。"父亲告诉她母亲今天去市郊的外婆家了。

为那不翼而飞的心爱的发卡，安宁一夜辗转反侧。

第二天，刚一走进教室，安宁立刻惊呆了："那不是我的发卡吗？它怎么飞到了程倩的头上？"疑问的鼓点不停地在她起伏的心头敲打着。

"好看吗？"程倩注意到了安宁那痴痴的目光，微笑着问道。

"哪里来的？怎么跟我的那个一模一样？"安宁一脸的困惑。

"是舅妈的一个最好的朋友送的，你也有一个？怎么不戴？"程倩也露出一丝惊讶。

"哦，我的那个飞了。"安宁有些魂不守舍地回答，语气里有着明显的伤感。

"飞了？"程倩迷惑不解地望着安宁，同学们刚才对发卡那些赞美的谈论带来的喜悦，这一刻已被冲淡了许多。

整整一天，安宁的心都在随着程倩发间那只美丽的蝴蝶起起落落，难以平静。

晚饭时，看到女儿闷闷不乐的样子，母亲揭开了谜底——原来，母亲跟程倩的舅妈十分要好,那天看到她牵着程倩的手在散步,母亲心里忽然一颤,感觉那个背井离乡的小女孩很是可怜,便匆匆跑回家,没多想什么,拿了女儿的发卡就送了过去。

"你知道,我多么的喜欢那个发卡吗?"安宁的眼泪簌簌地落了下来。

"咋不知道呢?可程倩家里遭了那么大的难,咱不能帮上人家什么,只能送一个漂亮的发卡,让她高兴高兴。"母亲满怀惭愧地将安宁揽到怀里。

"我懂,我不怪你,我就是有些不舍得……"摩挲着母亲粗糙的双手,安宁知道自己接下来该怎么去做了。

"好女儿,等你高考结束了,妈妈争取再给你买一个。"母亲轻轻地拍拍一向很乖的女儿。

"等我自己打工赚钱买吧,你和爸爸已经很辛苦了。"安宁擦去眼角的泪花。

再见到戴着漂亮发卡的程倩时,安宁已经能够很自然地送上心中由衷的夸奖。走在校园内外,两个人手拉手,亲亲密密得像一对姊妹花。

6月5日,同学们一起拍完毕业照,便不再到学校而是回家调整状态,准备面对两天后那场人生重大的考试。程倩也回四川复习去了,她是悄悄地走的,没有惊动老师和同学们,只给大家留下一封写满感谢和祝福的信。

明天就要上考场了,安宁心里有一点儿兴奋,也有一点儿紧张。不经意地拉开书桌的抽屉,她惊讶得失声叫了起来:"我可爱的蝴蝶又飞回来了!"

没错,就是那个在程倩的秀发上美丽了十多天的发卡。此刻,它正躺在一张粉色的带卡通图案的信纸上,静静地望着她。

信纸上流淌着程倩的叮咛和祝福:"请美丽的安宁明天戴上这只漂亮的蝴蝶吧,它会带你飞到梦想开花的远方……"

"我会的,相信这只会飞的发卡,一定会给我们带来好运……"安宁轻轻地呢喃着,仿佛正握着程倩的手,两个人倾诉着各自心灵的秘密,月光纯洁、轻柔,好像清泉般的钢琴曲,拂过这个美好的夏夜。

落泪是金

我喜欢到她的菜摊买菜,不单单是因为她为人善良、童叟无欺,还因为她的遭遇颇令人同情——她和丈夫都下岗了,她还要赡养两位多病的老人,供养一个读初中的儿子,而她起早贪黑经营的小菜摊收入实在少得可怜,可以想象她的日子过得多么拮据。

我每次见到她,都看到她脸上带着一抹淡淡的微笑,似乎已忘却了生活的艰辛。她那身处逆境中的从容,让我不由心生敬意。

那个中午,我第一次看到她一脸黯然地坐在菜摊前,眼角分明噙着两颗晶莹的泪珠。见到我,她慌忙用手背擦拭眼睛,起身为我称菜。

我问她遇到什么不顺心的事了,她拿过一本摊开的杂志,指给我看上面的一群眼含忧郁的孩子——他们都是远方贫困地区面临失学、急切渴望救助者。对此早已熟视无睹的我不以为然道:"这样的家庭和孩子挺多的,我们这些还在为衣食奔波的平民百姓也没办法。"

她的手指轻轻地点着那一个个陌生的孩子,伤感地说:"这些孩子学习都那么好,就因家里没钱念不起书了,真是可怜。"她重重地叹了口气,"可惜我没能力帮他们一把啊。"说话间,她的眼里又涌出了同情的泪花。

望着一向达观的她忧心忡忡的样子,我的心不禁陡然一颤:难得她在自己生活如此困顿的时候,依然葆有一份悲天悯人的情怀,虽说她眼下还无力捐助一位濒临失学的孩子,但她在阳光中撒下的那一掬真诚的泪水,却是金子般的珍贵,那是在岁月悠悠的磨砺中,始终未泯的熠熠生辉的挚爱真情啊……

曾经那样真真地爱过

  曾经那样深深地爱过：她爱得柔肠寸寸，百转千回，他却浑然不觉。

  在秋叶金黄的十月，在那场大型歌会的人海中，她惊鸿般的一回眸，他青春灼灼的容颜，那样惊雷般地撞入少女的心，她慌乱地低头，和羞走，却忍不住佯装无事地回首，把红晕拂面的心事悄悄泄露。

  那夜，有多少位歌星登场，又唱了多少首好歌，她全然没了印象，满脑子里摇晃的，都是少年翩翩的身影，他红色如火的T恤衫，他激情晃动的荧光棒，在她的心海里摇出一片醉人的迷离。

  就那样喜欢了，她不敢用那个珍贵的字眼，那个字是她眼睛里的瞳仁，是花朵上一触即碎的露珠，她怎么能轻易地说出呢？于是，她站在那个距离上，像呵护一个谁都不能告诉的秘密，呵护内心深处的潮起潮落。

仿佛上苍有意地眷顾，让他与她就读于同一所拥有近五千人的重点中学，只是他已读高三，是理科班转来的借读生，她则是高二文科班的。如此，他们的遇见迟了许多，也就丝毫不必奇怪了。好在他们的住所相距不远，他租住在前街，与她仅隔了一条不足300米的马路。

　　很快，她知道了他的名字，知道了他是计算机高手，知道了他的梦想……甚至知道了他与同学争论时的习惯动作，和他说话时常用的口头语。是的，他的一举一动，一言一行，她都会尽力地去捕捉，都愿意去猜测，比如为什么他走路总是那么快？为什么他眼睛里看不到一丝的忧郁和烦恼？他的洒脱来自于怎样的人生在握？她不敢与他对视，甚至不敢与他对话，她更习惯于用似乎漫不经心的眼光打量他。当然，她心里盛满了渴望，渴望他们能够在一起无拘无束地畅谈，像花开花落那样自然。只是，那样热切的渴望，被她用外表隐忍的平静掩盖了。她觉得自己是一个灰姑娘，而他从始至终都是被光环簇拥的白马王子。似乎能在那样一个距离上关注他，暗暗地听着他不时响起的脚步声和说话声，便已得了老天的恩赐。她不敢奢望走近他，仿佛一走近，他就会立刻从自己眼前消失，再无影踪。

　　她的喜怒哀乐开始与他有关：他的模拟考试成绩优异，她欢欣得像自己中了大奖似的；他体育课上碰伤了腿，那丝丝的疼仿佛是从自己的骨髓里渗出来的；甚至从他哼唱的歌曲变化里，她也能感知他的激动、开心、牵挂和忧伤。他的眉宇之间，刻着她情绪的晴雨表。一天又一天，简单而枯燥的学习生活，因为他，多了那么多的明媚。

　　知道他会回到他原来的学校参加高考的，只是没有想到，他走得那样匆匆，匆匆得令她猝不及防，她甚至没有来得及跟他打一个招呼，他就在那个早晨不辞而别了。那整整一天的落寞，是李清照的几十首词也无法形容的。

草长莺飞的五月,独自站在高高的阳台上,风撩起她有些纷乱的黑发,那首《致艾丽斯》的钢琴曲在心底低低地响起,她的眼睛里满是闪烁的晶莹。面对城市里万家灯火,她感到了一股莫名的冷,直入肺腑。

她曾花了很多时间,想方设法地打探他回到了哪里,想知道他升入了哪一所大学,可是,她最终只是得到一个有点儿含糊的信息——他好像是考到了南方的一所大学。

"好像是",多么有意味的一个短语啊,宛若她对他的那份情,那份无疾而终的喜欢。她轻轻地呢喃,无法说出的疼,啃噬着柔柔的心。

很快,她就升入了高三。进入了各种题海的包围之中,为着那个大学梦,开始了昏天黑地的拼搏。而他,似乎已定格成了一帧帧美丽的图片,被记忆收藏,虽然偶尔还会想起他,还会心海涟漪荡漾,但她已经能够分清楚哪些是梦想哪些是现实,更知道了孰轻孰重。

再后来,她上大学、读研究生、留在京城工作、结婚、生子……日子波澜不惊地向前推进。她已见多了各种爱恨情仇,已对爱情婚姻有了深刻的体味。偶尔,想起那些锁在日记本里的爱恋,她便哑然:真的是往事如烟啊!

本以为那些斑斓的往事,已被时光的长河冲成了一片苍白。却不曾想到,那一日,随手翻开的一张晚报上,那个被无数次在心底抚摸的名字又石破天惊地闯入她的眼睛。此刻,在隔了万里山河的另一个国度,因一场突发事件,他已猝然逝去。虽然二十年音讯杳无,报纸上他的遗照,与记忆中他帅气的形容,已有了很大的变化,但她还是一下子就认出了他——没错,正是他。

怎么会是这样?这样的纸上"相逢",更像一个黑色幽默,更像一个小小说出乎意料的结尾。握着报纸,她久久地呆立无语,肆意漫过来的记忆潮水,将她淹没在无处倾诉的悲伤之中。

谁说爱已经远走?在随后的日子里,她开始通过各种方式寻找有关他的信息,努力地勾勒出他这些年来的生命轨迹。于是,她知道了他一帆风顺的求学之路,知道了他的两段不幸婚姻,知道了他在老家还有一位卧床的母亲和一个八岁的儿子。

而她,从此开始经常给那可怜的老人和孩子寄钱,每一张汇款单上,都署名:曾经那样地爱过。

是的,曾经那样地爱过,不止她自己知晓,天地知晓,时光也知晓。

知道你冷，所以我来

大四那年，曾资助过他读书的那位老板找到他，让他做一次"枪手"，帮其侄子替考闯过公务员笔试那一关。老板再三强调各个环节都已打通，他只管放心去考试，保证不会出任何差错。老板还递给他一万元钱作替考的报酬。

一方面出于报恩，一方面他此时特别需要钱，因为父亲拖了许久的老胃病又犯了，急需住院费。另外，老板又一再说明已做了万无一失的周密部署，他便不再拒绝。

像老板说的那样，他顺利地帮助老板的侄子通过了笔试一关，没想到，在他即将毕业进入那家已签约的大公司时，老板的侄子在面试时再度作弊被发现，并由此牵扯出他参与笔试作弊的问题。很快，他受到了学校严厉的处罚：开除学籍。他不仅因此失去了一份好工作，连以后的工作都难找了。

刚结识的女友也立刻与他分手了。一重打击又加一重打击，他

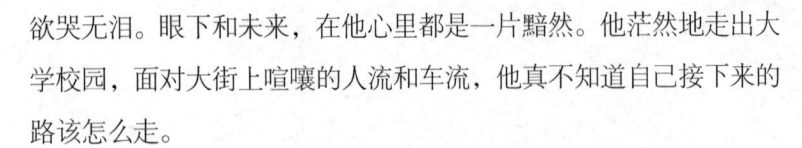

欲哭无泪。眼下和未来，在他心里都是一片黯然。他茫然地走出大学校园，面对大街上喧嚷的人流和车流，他真不知道自己接下来的路该怎么走。

摇摇晃晃地走过那高高的过街天桥时，他脑海闪过那个念头——纵身往下一跳，就此彻底解脱。但是，远方山村里，父母苍老的身影和热切期盼的眼神，又无比清晰地在他心头闪过。他告诉自己：所有的苦自己都得咽下去，所有的难自己都得扛起来，他别无选择。

冷静下来，他决定先不把事情经过告诉父母，自己先留在京城打拼，等以后拼出一方天地以后再说。主意打定，他先在市郊一家公寓租了一个床位，然后赶赴各个人才市场寻找一份维持生活的工作。

因为没有大学毕业证，他只得接受一家货运公司很脏很累而报酬很低的工作。对此，他只能先忍了，因为他此时没有与用人单位讨价还价的资格。

那天快下班时，他与工长吵了两句，窝了一肚子气，拖着一身疲惫回到住处。刚踏进那个残雪凝冰的破落小院，他便愣住了，眼前站着的是他下一年级的小师妹，一个长得清秀的北京女孩，他在校广播站做编辑时，她是播音员，曾有过两次简短的交谈。

"你怎么找到这里来了？"他已换了手机卡，以为没有同学和朋友会知道他住在这里。

"想来看看你，总会有办法啊！"她浅浅地一笑，把手里的一网兜水果递过来。

"谢谢你！快回学校吧，不要再来这个破地方了。"他不愿接受怜悯和同情。

"这个地方的确很破，但比我曾住过的地方还是好多了，前面那个大水塘里还有鱼呢，我下午还看到有人在那破冰捕鱼呢。"她轻轻地搓着冰凉的手。

"是吗？你什么时候住过比这更破的地方？"此刻，他的身体和心都还凉着，他突然希望有人和自己聊聊。

"找个暖和的地方，请我喝一杯酒，给你讲讲我的故事。"她真有慧眼，一下子洞明了他的心思。

他随她来到她已看好的附近一个农家小饭馆，选了一个带火炕的单间。

热乎乎的火炕，让他突然有了到家的感觉。一坐下来，她又提条件了："我来请你喝白酒，因为知道你我酒量都有限，花钱少，等花钱多的时候你再请。"

看着她一脸的认真，再听她那叫人心暖的理由，他点头同意了。

其实，她和他一样平时都不喜欢喝酒，但那一刻，他们都特别想喝酒，几口地道的北京二锅头下肚，他和她都被呛出了眼泪。她脸红扑扑的，更漂亮了。

品着暖口暖心的酒，她给他讲了她自己小时候生病，家里没钱买药，父母流着泪看她硬挺着，她最后竟大难不死，以前靠卖糖葫芦为生的父母，居然还做上了大买卖，让一家人拥有了北京户口。听了她那令人唏嘘不已的遭遇，他也敞开了心扉，向她讲述了自己坎坷的求学经历。

两个人讲到动情处，便一边擦眼泪，一边响亮地碰杯。他们忽然发现：原来，两个人对人生有着相通的感受。

那晚，他没再懊悔替考的事，没再感伤被学校开除的结果。她也没对他说跌倒了爬起来之类的励志打气的话，他们回忆从前的那些苦日子，也谈了各自以后的打算。

出了小饭馆，迎面而来的料峭寒风，似乎也没了往日的冰冷。

他由衷地感谢她这个时候来看他,能够听他倾诉淤积在心里的愁苦。她笑着说得感谢他,是他让她再次咀嚼了生命中那些宝贵的磨难,有了做得更好的冲动……

她乘末班车回学校了,他仍站在那里,望着她远去的方向,心潮翻涌。

知道她安全回到宿舍了,他忍不住发短信追问她:"为什么今天非要来这里?"

"知道你冷,所以我来。"她简洁的短信,让他立刻想起了那个秋风乍起的夜晚,他在广播站值班,她站在门口关切地提醒他:"天凉了,别感冒啊。"

"知道你冷,所以我来。"八个让人心暖的字,八个让人心动的字,最最寻常的字眼里凝满了真挚的爱意,几多关切,几多期许,让愁绪散落,让沮丧遁去,他一遍遍地读着那八个一生珍藏的字,将深深的感激埋藏心底。

三年后,他在北京拥有了自己的文化公司,拥有了值得骄傲的事业和幸福的家庭。无数次,他向妻子和朋友们讲起他最心灰意冷的那段日子,讲起她的到来,讲起那温暖他一生的八个字——"知道你冷,所以我来。"只那么轻轻地启齿,便有柔柔暖意,穿过悠悠岁月,唤起生命中那些刻骨铭心的往事,清新而美好。

光阴珍藏的那些美好

一张简单的贺卡翩然而至,一语平淡而真诚的问候拂面而来。

于是,在那个接近年关的落雪的日子,我似已平静的心湖里涟漪纷纷,思绪的小舟纵情地逆流而上,回溯到草色青青的年纪,回溯到那一串灼痛心灵的日子……

那年,在"黑色的七月"过后,我又迎来更暗淡的日子,三分之差,让我再次与大学无缘。父母黯然的眼神和亲朋的惋惜之声,犹如一柄利刃,刺得我难以抬起头来,但我除了难过地低下头,别无选择。命运好像成心要跟我过不去,连着两年高考,我都是仅差三分。

最后,父亲卖了大半的口粮,又借了高利贷,将我又送到了县城的高中补习。于是,我有了一段此生难忘的"高五"生活。

认识晓曼是在我心情最糟糕的时候。那天晚自习,被一大堆复习资料搞得晕头转向的我,提前两分钟溜出教室,站到校园门口松口气。一个小女孩"烤地瓜"的叫卖声传来,将我的目光吸引过去。

小女孩的年龄和我相仿，黑亮的眼睛会说话似的扑闪着，期望我买一个烤地瓜。其实那会儿我肚子还真有些饿，再说她那香喷喷、黄焦焦的烤地瓜，也颇有诱惑力。我不由自主地将手伸向衣兜，可兜里只有几张食堂的钱票，一分钱也没有。我忙说："不买不买"，脸上却有一丝慌乱。

她看出了我尴尬，递给我一个不大的烤地瓜，笑着说："这一个免费给你，算是帮我开个张吧。"

她那诚挚的目光让我连客气都免了，伸手便接了过来。

下晚自习的铃声响了，同学们纷纷涌来。看到我正津津有味地吃着烤地瓜，本来对零食就很感兴趣的他们，纷纷地掏钱买下那价格实在很公道的烤地瓜。不大一会儿，一篮子烤地瓜就卖完了。

小女孩笑着转身走了。临走时，还对我道了声"谢谢"，说是我给她带来了"财运"，我不好意思地说："你明天再来吧。"心里想着到时候一定补上她的钱。

后来，我们就认识了，我知道了她叫晓曼，母亲长年患病在床，父亲去年又在施工中砸坏了腿，她还有一个弟弟在读初中，她高中没念完就辍学，帮着家里赚钱。这样说来，她跟我真有点儿同病相怜了，这让我们很快便近切起来。

说起来也真怪，自从认识了晓曼以后，我黯淡的心头突然涌入了一缕光亮，学习动力更大了，我觉得自己考大学已不单单是为了不让父母失望，还在帮晓曼圆一个梦。

那个周末，我去书店买一本参考书。在一家大商场门口碰上两个流里流气的家伙正冲晓曼说着不干净的话，气得她眼泪含在眼圈里。我跑过去，喊了一声："不准欺负人。"

"哟，还有想当护花使者的呀，看看你的筋骨硬不硬。"说着，两个家伙朝我扑来。没等我反抗几下子，眼镜便被打碎了，接着身上又挨了好多拳头，直到被打倒在地，那两个家伙才骂骂咧咧地走了。

晓曼一边擦拭着我脸上的血污，一边说我不该吱声，这样的事她碰到不止一次了，能忍就忍了。我很英雄气地说："那可不行，好人可不能叫坏人欺负住了。"话一出口，自己就不好意思了，踢着那碎眼镜片掩饰心里的羞愧。

晓曼说："看来，我还得赔你一副眼镜呢。"

"不用了，我能想办法的。"我嘴上这么说，心里却直后悔没保护好眼镜，多挨些拳头没关系，借钱买眼镜，可不是我愿意的。

"你的眼镜是多大度数的？"晓曼问道。

"我说过不用你买就不用你买。"我故作潇洒地冲她笑笑，但还是告诉了她眼镜的度数。

"太好了，我妈妈有一副眼镜很新的，跟你的度数一样，她不戴了，晚上我给你送学校去。"她又露出了甜甜的笑容。

没等上晚自习，她就来了，交给我一个红绒盒子，里面是一副崭新的眼镜。我怀疑地问她："你母亲真的不戴吗？"

她笑了："要戴，还舍得给你呀？快戴上，看看合适不合适。"

"正合适，像专门为我买的似的。"我跟她开玩笑："看来，今后我还真得多见义勇为几次，鸟枪换炮了。"

她咯咯地笑起来："你还是先练好本领，再充当英雄吧。"

她常来学校卖烤地瓜，还常常硬塞给我几个小的或形象不佳的，说是卖不掉的，让我帮她消灭了，免得她扔掉。我就很痛快地帮她这个忙儿，狼吞虎咽地消灭了她的不少烤地瓜。

直到有一天，她来告诉我，她要跟姑姑一起去南方做买卖，恐怕一时回不来了，要我多多保重，别忘了一定要考上大学……

我心里涩涩的，不知道该对她说些什么，只是机械地点头。

"看你这副悲伤的样子，高兴点儿，我这是去挣大钱。等我发财了，请你下最好的馆子。"她笑着，可我觉得心被刺了一样疼痛。

没想到，那一别，我们竟十五年不通音信。我断断续续地知道了她的一些情形，她生意做得并不顺利，奇怪的是她一直没回来，没给我写信来，好容易找到一个她的地址，连着写了两封信，她也没有回音。似乎我们一下子都消失在茫茫人海之中，再难相逢。

后来，我才知道她送我的那副眼镜根本不是她母亲的，而是她用姑姑给她买衣服的钱买的，还有那些烤地瓜，都是她特意为我留下的。

直到今天，一张素洁的贺卡从南国飞来，我才知道，她和我一样，身陷红尘，但并非已经忘怀往事。面对那一声迟到的问候，缕缕温馨自心中涌起——哦，纵使时光流逝，往事也永远年轻。那似乎已经尘封的日子，还会訇然走来，清晰如昨，不会成为随风飘散的烟云。

第二辑

爱的明媚：一念善心，温暖一生

每个人都可以做一个明媚的歌者，行走在热爱的大地上。无论是在素锦华年还是垂暮之年，无论是身处顺境还是逆境，只要一颗爱的心始终明媚着，谁的世界都会绚美如花，谁的生命都会被温暖簇拥。

把我的明媚送给你

　　站在地铁站进出口通道里,他斜挎一把廉价的吉他,像立于舞台中央的歌手,声情并茂地自弹自唱,经典的,现代的,民族的,流行的,一曲接一曲,那些飘动的音符和跳荡的歌词,不断地向过往的行人传送。偶尔有人驻足,有人喊一声"好"或送上响亮的掌声,他唱得更加卖力。他身前那个纸箱里,散落着行人随手放进去的少许零钱。

　　他没上过任何艺术学校,也没有拜过任何老师,更没有专门学习过发声技巧。他是一个初中便因贫困辍学的农民,只因喜欢唱歌,他背着简单的行囊,从大西北的一个山沟里,独自来到北京。像他这样"唱通道"的人很多,但他很特别,瘦弱的他底气十足地一亮嗓子,整个人儿也立刻神采焕发,眼睛里满是激情,那忘我的陶醉,让人觉得他也是这个世界上的富豪。

　　其实,他每天的收入非常有限,刨去租住地下室和最低的生活费，他每个月只能寄给家里几百元钱。而他，似乎十分知足，一直坚持了五年，无论是汗流浃背的夏日，还是寒风刺骨的冬季，他的歌声始终飘荡在地下通道里。

问他为何唱歌时那么有精神？他回答：因为一进入音乐世界，眼睛和心里就多了明媚，就忘却了日子的窘迫和艰涩，只感觉生活中还有那么多的美好，像阳光一样随手就能摸到。

于是，许多人便看到了他明媚的笑容，听到了他明媚的歌声。

那是一个卖手工艺品的女孩，因患有先天小儿麻痹症，她跛脚跛得很厉害，走路都十分费劲，她的小店也没有什么奇异之处，但还是有许多人绕了远来她的小店，只因喜欢看她整天挂着笑意的面容，喜欢听她温温婉婉的话语，和她在一起，似乎那些忧愁、烦躁、焦虑等，都突然消失了影踪，只有清新和舒畅，连空气里都充溢了快乐的因子。

独自的时候，她会手捧一本喜爱的书，静静地阅读，那些美妙的句子，仿佛是神奇的魔法师，带她走进了一个又一个精彩的世界，让她兴奋地留连其间。彼时，她的身前背后，簇拥的都是眩目的美丽。

后来，她不可遏止地拿起笔来，开始书写起心中翻涌的奇思妙想。很快，她那些纯净的文字走进了更多的心灵，人们在她的文章里面，读到了许多令人心暖的故事，读出了梦想、热爱、奋斗、坚韧等等，一如她阳光般的笑靥，叫熟悉的和陌生的人，都发现了生活的色彩，原来如此缤纷，如此令人迷恋。

她说过，连死亡都无法阻拦那些花朵明媚地绽开，那小小的疾病又怎能挡住渴望美好的心灵。她从不以愁容示人，从不让悲苦感染他人，因为生命的每一天，都是上帝的恩赐，都是不应该辜负的。

一位作家朋友讲过一个故事：他和她刚刚新婚不久，突如其来的一场车祸，让他在重症监护室里整整躺了一个月。医生断言他即使能够活过来，恐怕也会成为一个植物人。他年轻的妻子听了，眼泪滚落如断线的珠子。然而，擦掉泪水后，她每天都穿了漂亮的衣服，都精心地化了妆，守护在病榻前，一声声地轻唤着他，絮絮地说着他们爱情路上的种种美好。

他终于睁开了眼睛，却失却了记忆，连面前娇媚的她也认不出来了。可她还是笑了，仍不时地换了漂亮的衣服，描了眉眼，涂了粉霜，虽然衣服都是仿名牌的，很便宜的，但都很新鲜，她穿了很有型，也添了不少的魅力。她用的那些化妆品，也都是廉价的，可还是为容颜增了几分美丽。最重要的是，她脸上始终洋溢的让忧伤退却的微笑，任是谁见了，都要心生敬佩。

有人问她：他已经那样了，她为何要如此用心地化妆，打扮得如此漂亮，她一语坚定地答道——我把我的明媚送给他，等他和我一起明媚我们的生活。

滚滚红尘中，有很多像她那样的平凡人物，他们面对大堆的不如意，没有抱怨，没有消沉，而是以明媚的笑容，迎接种种不幸，在艰难中唱一首欢乐的歌，在寂寞里写一篇幸福的美文，在悲苦时还不忘给世界添一份美丽……他们深知：即使命运只给了自己两块石头，也要用它擦出耀眼的火花，点亮美丽的人生。

幸福像花儿一样

在英国利物浦市郊的一个人口不多的小镇上，人到中年的詹妮开了一家不大的花店，虽然生意不十分兴隆，可詹妮仍每天笑容可掬地照料着小店。没有顾客的时候，她就捧起厚厚的画册，悉心地钻研插花艺术。她弄来了一个个精致的花瓶，将那一束束带着泥土馨香的鲜花，很艺术地组合到一起，并为它们一一起了诸如"一往情深"、"梦想缤纷"、"雕刻时光"等好听的名字。有时，出神地看着自己的一件件杰作，她竟会忍俊不禁。

除了兴致勃勃地经营自己的花店，詹妮还喜欢购买彩票，她每周去附近的投注站买一次，每次只买两张彩票，而且是随机选号，从不花费时间和精力去琢磨如何提高中奖率的问题。十多年里，她连一次小奖也没有中过，但这并未妨碍她一直饶有兴致地购买彩票，似乎她在做着一件很幸福的事情，能否中奖并不是她所关心的。

2009年12月7日，像往常一样，詹妮坐在花店里，认真地剪裁刚刚运来的鲜花。在整理那些废弃物时，不经意的一瞥，她看到了包裹鲜花的一张两天前的报纸上刊有彩票中奖信息。她拿出随手夹在那本插花艺术的书里的彩票，幸运之神这一次竟然眷顾了她，她中了一千万英镑的特等奖。那一瞬间，她有些不敢相信自己的眼睛了，她忙打电话向远在几百英里外一个农场里种蔬菜的丈夫欧文报喜。欧文激动地向她祝福，然后问她计划怎么支配那笔丰厚的意外收获。

这真是一个重要的问题，的确应该好好想想。这么多年来，她第一次在周一关闭了花店，整整一个下午，她都在思考着该怎么去支配这笔飞来的巨奖。她想到了去国外旅游，想到了购买一栋别墅，想到了给丈夫换一台新车，也想到了去伦敦投资一个更大的花店……那么多打算，搅得她一时心海难平，兴奋中裹挟着焦躁与迷乱，脑袋也有些发胀得疼痛起来。

又经过一夜的思索，詹妮终于想出了一个最简单的支配方案——将大奖所得全部捐献给一个医疗基金会。主意初定，她又给丈夫打了电话，欧文说只要她高兴，他就全力支持。于是，捐了大奖的她继续愉快地经营自己小小的花店，她还像以前那样买彩票，她的丈夫依然津津有味地帮着农场主种菜，一双儿女依然快乐地骑着单车上学……她的生活丝毫没有因为中大奖而有所改变。

后来，一家报社的记者得知了詹妮的事情，敬佩而不解地问她为何做出那样选择，她一脸轻松地回答："因为幸福。"

"幸福？只是因为捐赠而幸福？"记者面带困惑。

"捐赠的确是一件幸福的事情，最重要的是，我原来一直生活得就很幸福，我有一个好丈夫，有两个好孩子，还有自己喜欢做的事情，我没有因为中奖而改变我已经拥有的幸福生活，这就是我丝毫不后悔那样做的原因。"詹妮笑容满面，手里依然摆弄着鲜花。

"其实，那笔巨奖完全可以让你们的生活变得更富足、更幸福的，比方你可以拥有一个更大、更漂亮的花店。"记者还是有些不解。

"你说的有道理，可是，我现在已经在享受幸福的生活了，分一些幸福给别人，不是更好吗？就像我守着这些鲜花，我已经看了它们的美丽，闻到了它们的芳香，让更多的人欣赏到它们的美丽和芳香，是我最愿意做的事情，也是最让我幸福的事情。"詹妮纯净的眸子里，闪着晶莹的亮光。

哦，原来如此！

很多的时候，幸福缘于一种发自内心的喜欢，跟金钱的多少没有必然的联系。面对眼前那如花的笑靥，记者不禁感慨万千。

不久，记者饱含真情的一篇《幸福如花》的小文，让许许多多的人知道了詹妮的花店，知道了她的幸福观和她幸福的故事。甚至一些远道而来的游客，也会特意来到小镇，走进她的花店，不为买花，只为见见这位幸福如花的女子，欣赏一下她的插花艺术，感受一下那简单生活中洋溢的朴实而恒久的幸福。

刻骨铭心的 2 分

那年,他距重点中学的录取分数线只差 3 分,一位开煤矿的远房舅舅慷慨地为他掏了两年的学费,让他成了一名自费生。他格外珍惜那来之不易的读书机会,学习异常刻苦,成绩提高得也很快,高一时他最好的成绩已在班级排在第十五名。

正当他信心勃勃地向前十名奋力冲刺时,不幸接连降临,先是父亲在采石场打工时不慎被一块飞落的石头砸断了两根肋骨,从此再不能干重活,为治病还欠了不少钱。接着,那位好心的舅舅的煤矿出了事故,舅舅为死伤者赔付了数额很大的一笔钱,煤矿还被关闭了。自然地,他的学费也没有着落了。

眼看就要开学了,家里连他最低的生活费都拿不出来了,父亲叹息着念叨起令他心酸的家境,让他辍学回来帮着撑起这个家。他哭着请求父亲让他读完高中,他保证考上大学,以后会为家里挣更多的钱。

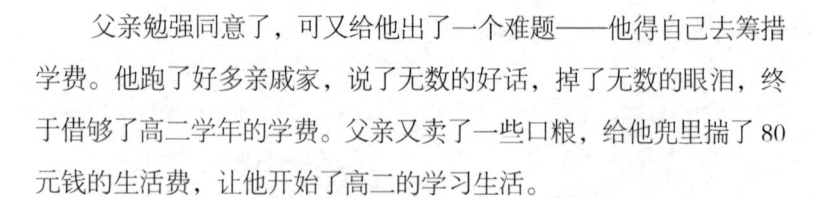

父亲勉强同意了,可又给他出了一个难题——他得自己去筹措学费。他跑了好多亲戚家,说了无数的好话,掉了无数的眼泪,终于借够了高二学年的学费。父亲又卖了一些口粮,给他兜里揣了80元钱的生活费,让他开始了高二的学习生活。

这时,他的压力更大了,深怕自己学习落伍,对不住家人和亲朋。他异常刻苦,是班级里每天起得最早、睡得最晚的一个,几乎把所有的时间都用在学习上了。他的勤奋,很快有了回报,高二上学期期中考试,他总分排在了第六名。班主任老师在表扬他的时候,又告诉他一个好消息——如果他能够在期末考进前两名,学校就将免去他高三学年的全部学费。

老师的话令他激动不已,他心里暗暗地告诫自己——必须要冲进前两名,免去那笔如山一样沉重的学费。于是,他更用功了,几乎到了疯狂的地步。直到考试前一天晚上,虽说他已很有信心能够考好,但还是看书看到很晚才休息,因为这次期末考试对他来说实在太重要了。

紧张而激动的考试刚一结束,他便急切地向各科老师问询考试的结果。他的几门主科答得都比较好,但最拿手的政治却发挥失常,比预计的少得了10分,七门功课的总分他排在了第三名,比第二名的王强只差1分,就差语文分数没出来了。这时,他的心都悬到了嗓子眼儿了,他怕语文成绩一向突出的王强再超过了他,那样他就……他实在不敢再往下面想了,晚上忐忑不安地来到了教语文的于老师家中。

于老师见到他,高兴地告诉他:"你考得还不错,就是作文写得有一点儿偏题。"

听了于老师的话,他心里更慌了,急切地打听王强的分数,当于老师报出他和他一样的分数时,他几乎立刻晕了过去,两眼呆呆地望着于老师，痛苦地呢喃着："完了，完了，一切都完了，我恐怕撑不到高考了。"

于老师惊愕地追问他究竟是怎么回事，他哭泣着向于老师倾诉了自己贫寒的家境、异常的勤奋和那至关重要的希望……

于老师听着他的哭诉，面带同情，久久地默默无语。

忽然，一个大胆的念头闪过他的脑海，他猛地跪到于老师面前，热切地恳求道："于老师，求求您，求您一定帮帮我，借给我2分，我以后会加倍补偿的。"

"借给你2分？怎么借？"于老师不解地拉起他。

"就是您给我的作文多批2分，那样我的总分就可以超过王强，而且家境宽裕、性格开朗的他，根本不会在意这次考试的一个名次，但那对于我来说却意义非同寻常……"

于老师眉宇紧锁地踌躇了几分钟，然后郑重地对他说："那得有一个前提条件，我才可以考虑借给你2分。"

"于老师，只要您这次借给我2分，我答应您的任何条件。"他激动得心都要跳出来了。

"那好，以后你保证每次语文考试都要拿第一名，否则，我就在你正常的得分上减去10分，算是对你这次借分的加倍补偿。"于老师向他提出了一个苛刻的要求。

"我保证今后更刻苦学习语文，不辜负老师的期望。"他大声地向于老师承诺。

因为于老师的暗中"关照"，他不仅如愿地被减免了学费，还被评上省"三好学生"，学校还发给了他200元奖金。握着那几乎够他一学期生活费的奖金，片刻的兴奋后，他心生愧疚，但他不能说出来，只是默默地告诫自己——要努力再努力，一定要对得起学校和老师对他关照和鼓励……

有了无形的动力和压力的他，学习更勤奋了，尤其是语文这门功课，他投入了更多的精力，成绩明显提高，高三学年的大大小小的几十次考试，他的语文稳稳地占据着班级里第一名，仅有一次考了第二名，被于老师毫不客气"惩罚"了10分。

最终，在那年的高考中，考出了全校第一名的优异成绩，作文还得了满分，作为范文被报纸刊登了出来。填报志愿时，他没有选择北大、清华这样的名牌高校，而是毅然地在所有的志愿栏目里都填上了带"师范"字样的大学。

临上大学前，他满怀感激地再次向于老师致以深深的谢意，他真诚地说："如果没有于老师当初借给我的那2分，我绝对不会有今天这样的成绩。"

于老师慈爱地笑了："你是我第一次'借给'分数的同学，事实证明我做对了，当初是因为相信你会做得很优秀，我才愿意助你一臂之力的……"

当他向已考上复旦大学的王强讲起那次借分的经历时，王强非但没有丝毫的怪罪之意，反而有些懊悔地说："你要是早点儿告诉我，我故意答错一道题不就行了，我不知道那对我其实并不重要的排名，却可以改变你一生的命运呢。"

再后来，他也成了一名让学生喜欢的语文老师。他在认真教书育人之余不辍笔耕，几年间，在各类报刊上发表了千余篇备受读者欢迎的文章。当他的第一本情感美文集《与心灵说话》出版后，他立刻想到了于老师，想到了曾借给自己的那无比珍贵的2分，想起那求学生涯中的许多难以忘怀的情节……

一天，当他把这段往事讲给他十分敬重的一位老教授时，老教授感慨地说："这真是一件值得回味的教育轶事，你遇到了一位好老师，他也遇到了一位好学生。你因为老师的勉励取得了更大的成功，老师因为自己的爱心，拥有了远远超出分数以外的巨大收获。"

老教授的话不无道理，于老师当年似乎举手之劳地"借"给他的那2分，改变的绝不仅仅是他一生的走向，它饱含的内容实在很多很多……

第二辑 爱的明媚：一念善心，温暖一生

在相逢的站台告别

北方秋天的山水是最赏心悦目的。

列车一过哈尔滨，我便和对面的他不约而同地将欣赏的目光，投向了车窗外那赤橙黄绿青蓝紫的田野和美丽的五花山。沿途变换的美景令人目不暇接。漫长的旅程，因这一路追随的山水风光，而少了许多寂寞，多了不少欣喜。

"做一个黑龙江人真幸福，四季都能欣赏到美景。"自小生活在江南水乡的他，曾在北方的一个小山村呆过三年，正满怀热忱地举着相机不停地拍摄。

列车缓缓地驶入一个特别重要的站点——牡丹江。有许多旅客将由此出发，去美丽的镜泊湖，去神奇的林海雪原，去古朴的宁古塔，去旖旎的小九寨……

列车要在此停留15分钟。

望着车窗外上上下下涌动的人流，我打消了下车转转的念头，只是把车窗开得更大一些，让清爽的风舒服地吹着。

"小薇！小薇！"对面的他把半个上身探出窗外，旁若无人地大声喊叫，引得许多目光都聚拢过来。很快，一位拎着两个大编织袋的中年妇女，穿开人流朝这边奔来。他赶紧跑下车，伸手接过那两个编织袋，从窗口递给我，然后他们就贴着列车在站台上聊起来。

"还是那么忙？"他看她的眼神有点儿爱怜。

"已经习惯了。"她身材干瘦，额头有明显的皱纹，淡淡的微笑中，透着饱经沧桑的平静。

"你说的那口水井打了吗？"他似乎很了解她那里的情况。

"快了，已经勘探过了，等钱凑齐了就可以动工了。"她兴奋地向他报告。

"差多少钱？我回去想办法帮你筹，光上课就够你累的了，你别多操心了。"他看见她的手那么粗糙，知道她除了上课，要做的事情太多了。

"还差一半呢。"一抹羞涩浮上脸颊。

"对了，这是你嫂子让我带给你的，不贵，又很滋养皮肤。"他递给她两盒从南京买的护肤霜。

"又让你们破费了"，她嗔怪了一句，"回去代我向嫂子问好，刚才那个编织袋里，有东北的刺五加皮，带回去熬水喝，可以治疗她的偏头疼。那些干菊花，是学生们采晒的，可以泡水喝，清嗓子、提神，还利尿。"

"你总是想得那么细。"

"因为是你啊！"

"因为我？"

"三十年了，多快啊！"

"是的，三十年了。"

短暂的沉默，像两段乐曲中间的一个过渡。

"还记得吗？那次我借你的笔记连夜抄写，不小心把一大杯水全碰洒到笔记上，你那次考了班级的第二名，生气地非说我是别有用心。"

"记得，你只有那一次考了第一。"她有些自豪。

"那时，我特佩服你那股永争第一的劲头。要不是后来你的家庭变故，你肯定能……"他戛然而止。

"我现在也挺好的，呼吸着山里新鲜的空气，吃自己种的绿色蔬菜，工资又涨了30多元钱，还当了校长，虽然学校里只有三个老师。"她轻快的语气中透着满足。

"很高兴，你有这样的好心态。做你的学生，也是一种幸运啊。"他欣然。

"还记得你写过一首诗，叫《山里的孩子》，我的学生也有几个爱写诗的，可惜我指导不上去，等下次你再路过时，我给你带来，你帮我指导一下吧。"

"你也写过诗呢，在你的日记本上。"

"那些分行的东西不能算是诗。哦，你是怎么知道的？难道你偷看了我的日记？"她奇怪地盯着他的眼睛。

"或许是你当初送给我看的吧？"他含糊其词。

又是片刻的沉默。夕阳温和地映着他们宁静的面庞。

"回去买一个手机卡吧，要单向的收费的，省得给你打电话，总是那么不方便。"

"这回听你的，一会儿路过县城时就买，信息时代了，不能太落伍了。"她笑了，露出并不白净的牙。

"别太累了，得学会心疼自己。"他轻柔地提醒。

"你也一样，少熬夜写作，少上网，别累着眼睛。对了，有个朋友还送给我两瓶熊胆酒,说是有明目的功能,走得太急了,忘给你拿来了,真遗憾。"

"幸好是临时通知你,要不然,你还不得把山里的好东西都给我背来啊!"

"还有,我临来前煮了你最爱吃的青苞米,就放在那个编织袋的最上面,刚才我还摸了,热乎着呢,待会儿上车就赶紧吃吧。"她叮嘱道。

"你回吧,过两年退休了,我会来看你的。"他眼睛有些湿润,转身上车。

"一路平安!"她冲他挥手,风撩起她碎格的小衫。像是眼睛被突然迷进了微尘,她转过身去用手背不停地揉着。

列车启动了。他的目光追着她身影,直到看不见了,仍朝车后眺望。

他与她在相逢的站台上告别。他们没有亲热的拥抱,甚至没有简单的握手,两个很知心的人,从始至终只有断断续续的对话,朴素得像两个很稔熟的老乡,把彼此浓浓的情思,全都融进了那一句句的平淡之中。像一篇质朴的散文里随意剪下的几个片断,不事雕琢的美丽,像极了车窗外那些大自然随手涂抹的风景。

那是我遇见的最特别的爱的相逢与告别。15分钟,在同一站台上,他们纯朴而厚重的情感流露,让我震撼并铭记,让我情不自禁地感慨:有些美好,就是这样的。

真正的才女

暑期,我回到了阔别近二十年的故乡。

闻知我已发表了不少作品,还出了书,乡亲们赞叹了几句,便争先恐后地向我介绍村里的才女王小英,大家的语气里满是敬佩和骄傲,仿佛比我这个省作协会员还要强十倍。

我有些不服气地问:"她主要写诗歌、小说还是散文?"

乡亲们都摇头:"她不写那些东西,她写的都是些实在的东西。"

"那她写故事,还是报告文学?"我不由得在心里对这位才女的文学水平不以为然起来。

见到乡亲们仍是摇头,我纳闷了——那是什么样的才女呢?

"她呀,她写的文章经常上广播,县里报纸还登了好几篇呢。"在村里德高望重的二叔也是一脸的自豪。

哦,原来不过是写些通讯、消息之类的广播稿,都是些很简单的文体。我便以见多识广的口吻追问:"那她能挣多少稿费呀?"

心里话——我的作品最高稿费是千字千元呢。

"稿费也有,可是不多,她也不在意那些。"邻居张伯解释道。

"那她为啥?光为了出名吗?"我不禁有些困惑。

"为啥?为大伙儿呗。咱村里谁没借上她的光?村里干部领着大伙儿致富,她两篇文章一广播,咱村远近出了名,村长、支书都被评上了县里的劳模;李铁两口子过去老吵架,小英写了两篇关于夫妻应该互敬互让的稿子在广播里一播,嗨,神了,两个人再不吵架了;还有陈贵买了假种子,她写了一篇稿子,还没等播出来呢,销售公司知道了,乖乖地上门赔了他损失;还有赵春海、赵春江哥俩不养老娘,小英帮着写了一张诉状往上面一递,让两个犟小子心服口服地掏养老费,还有……"大家七嘴八舌地向我介绍王小英的文章,如何给村里人带来的种种实惠。每个人的眼里都流露着感激,仿佛王小英比那些名记者还了不起。

"怎么样?修建,跟你这个写文章的才子比,小英算是个才女吧?"二叔用不容置疑的口气问我,众乡亲也深有同感地望着我。

"何止是个才女呢?简直是一个大才女了。"我不禁为自己刚才的自以为是而惭愧,王小英不愧为乡亲们心目中的才女,她那些我不曾瞧上眼的文章,都是那样地实实在在,却又的的确确帮着乡亲们解决了不少问题,她的写作是真正超脱了功名利禄的,她的朴实,照出了我辈身上藏着的"小"。

他最开心的那一天让人落泪

二十年韶光流水般逝去,大学同窗再聚首,聚会组织者抛出一个话题:"毕业后最开心的那一天",每个同学都向大家讲述了自己最开心的那一天:有评上高级教师的那一天,有当上处长的那一天,有移居美国的那一天,有彩票中大奖的那一天,有双胞胎考上大学的那一天……林林总总的"最开心的那一天",令每个人的脸上都溢满了幸福。

最震撼人心的,也让人不禁泪光闪烁的,却是当年的"校园诗人"潘岳讲述的自己毕业后最开心的那一天——

大家都知道,我一毕业就去了那个偏远的矿区小镇,当了一名语文老师。那所学校办学条件特别差,连一个简陋的图书馆都没有。我刚去报到时,也萌生过要离开的念头,可一登上讲台,面对那一双双充满渴求的目光时,我便猛然意识到:自己是那么卑微,又那么重要。

于是，我决定留下来，努力去做一名让学生喜欢的好老师。我没有满足于把课讲好，把班主任工作做好，我还想给学生们建一个图书室。有了这个想法后，我便开始行动了。因为买不起新书，我就骑着那辆二手自行车，每个周末都走街串巷去收购别人淘汰的旧书。几个月下来，我把学校附近的几个村镇都跑遍了，收购了300多本书，也花掉了我两个月的工资。

　　学校腾出了一间教室，专门存放我收购来的图书，还安排了一位教工做专职的图书管理员。看到学生们兴奋地翻阅着我收购来的书籍，我那些奔走日子里所受的苦、遭的罪，全都烟消云散了，心里像灌了蜜一样甜。

　　那天，我乘公交车去了更远的县城，期望能收购到更多的书籍。但转了整整一天，并没有令我欣喜的收获。我没有灰心，找了一个10元钱一宿的个体旅店住下，准备第二天再去碰碰运气。

　　晚上无意的闲聊时，旅店老板得知我是一个老师，正四处奔跑着为学生买旧书，他向我透露了一个让我睡意全无的好信息——县城里有一家大化工厂倒闭半年多了，那个工厂原来有一个不小的图书室，有上万册的图书，以前淘汰过一些，也丢失过一些，听说还有一些没处理掉的。

　　第二天一大早，我就急匆匆赶到那个倒闭的化工厂，两个看护厂房的留守人，听了我的来意，告诉我说，那些书好像领导已答应卖给一家废品收购站了，并谈好了价钱。我急切地请求他们让我先筛选一些，我可以多给他们一些钱。他们打电话跟领导请示了一下，同意让我先挑选，但我得再多加100元钱。

　　走进那个布满灰尘的图书室，我的眼睛都亮了，那里面真有不少好书啊，有的还是新买的，都没有拆封呢。我一排排地搜寻着，把我认为适合学生阅读的，全都堆放到一起。从早上一直忙到下午三点多，我兴奋地看着挑选出来的足足有两千册的书，全然忘却了饥饿。交款时，我发现兜里带的钱不够了，便打电话向住在县城里的同学求援。拿到钱，我租了一台敞篷的农用四轮车往学校运送。为了省下搬运费，我一趟趟地把书从三楼搬下来装上车，累得我几乎都虚脱了。黄昏时分，我才把最后一捆书搬上车。

我费力地爬上拖挂车厢，躺在书堆上，饥肠开始咕咕地叫唤。这时，我才意识到自己已经一整天没吃东西了。可是，看着那一车的书，我竟嘿嘿地笑了起来，仿佛捡到了大块的金子。

四轮车在公路上突突地跑着，疲惫不堪的我躺在那里，想着下个月开工资要先还给同学，再去购书恐怕要等两个月以后了，也好，自己可以好好休息一下。我想着想着，便开始打瞌睡了。

我正在迷迷糊糊之中，忽然听到司机惊慌地大喊着："快跳车！快跳车！"

我猛地睁开眼，发现行驶在那座老旧的公路大桥上的四轮车，正失控地七扭八拐地跳着舞，显然是车闸突然失灵了，司机已无法操控了。那一刻，我本能地用身子护住那一车的书，全然忘了失控的四轮车随时都会给我带来致命的危险。

司机又冲我喊了一声："快跳车！"他迅速地跳下了车，车头径直撞向了大桥护栏，随着护栏"咔嚓"的断裂声，车速也骤然减缓，但车头还是在惯性的带动下，冲破了护栏，摇晃着悬挂在大桥侧面，幸好后面的拖挂车厢被突起的一截钢筋卡住了，没有随之坠入桥去。大桥下面是湍急的河水，正翻着浪花不停地奔流着。要是拖挂车厢没被卡住，我和那一车书恐怕就都没命了。

我慢慢地爬下车来，看到坐在地上满脸煞白的司机，我才后怕地意识到刚才真的可谓是惊心动魄，我们两个人都命悬一线。司机惊愕地追问我："刚才一个劲儿地喊你，你为什么不跳车？是吓傻了吗?"

我心有余悸地说:"我当时脑子里只有那些书了,已经忘了危险。"

司机很后怕地说:"你真是一个书呆子,命重要,还是书重要啊?不过,也可能是你平素积善行德了,老天有眼,遇到这么大的危险,我们人和车居然都保住了。"

"真是幸运!真是幸运!"我连连慨叹,若是我们当中谁有个好歹,后果真不敢想象。

等救援的车将悬在桥侧的车头拉上来,把书拉回学校,已经是后半夜了。我瘫软地倚坐在宿舍床上,一口气吃下三大包方便面。

闻讯赶来的校长和老师们,听我轻描淡写地讲述了这一天的经过,都为我感到庆幸。的确,那一天,我弄到了那么多的书,又逃过了那一劫,真的是很幸运。

要说毕业后最开心的一天,我想就应该算是那一天了。

潘岳平静地讲完了自己最开心的那一天,掌声久久不息,同学们的眼睛都闪烁着晶莹。

好几个女生抹着眼泪,说潘岳你可把我们大家都吓坏了,以后再也不准你干那种傻事了,如果再需要书,你就跟同学们说,我们大家共同想办法。同学们也异口同声说,对,我们一起想办法。

潘岳又兴奋地告诉同学们,他所在的学校如今已被评为省级示范学校了,上面投资建了图书馆、语音室、微机室、实验室,早已经今非昔比了。看到学校一天天的变化,他每一天都很开心。

毕业20周年聚会有很多令人难忘的话题,但潘岳讲给大家的"毕业后最开心的那一天",在此后的许多同学相聚时,总会被情不自禁地提起。每一次提起,大家仍不免感慨唏嘘,为他那特别的一天,也为各自曾经精彩或平淡的日子。

蹲下来，看到爱

一个阳光灿烂的午后，在人流涌动的一家超市门口，一身粗衣的他正坐在那里，手里拿着一本破旧的书，很认真地教一个大约三四岁的小男孩识字。在他们面前的一个铁盒里，散着可怜的几枚角币。

我不禁好奇地走近那对年轻的父子，冲那位正旁若无人地教儿子识字的父亲微微一笑，算是打了招呼。这时，我才发现他失去了一条腿，那只空荡荡的裤管，似在无言地诉说着他的不幸。

"为什么不把孩子放在家里呢？"我蹲下身来，眼里充满了关切。

"只有这样，我才放心。"年轻父亲很低的声音里透着坚定。

"那要跟着你多久才是头啊？"我指了指他面前的乞讨的铁盒。

"那可说不准了，如果你愿意，我可以给你讲讲我和我的儿子……"他把书交给那个小男孩，从身后拿过来一个马扎递给我，看着我很爽快地坐了上去,他显得十分激动,眼里闪着晶莹,开始讲述他和他的儿子的故事。

在他不平静的叙述中,我知道了他这样的遭遇:那年秋天,他去北京打工,在建筑工地上被一块预制板砸断了腿,包工头只给了他一千元钱的医疗费,便不管不问了。他卖了房子,又借了不少债,也没保住腿。后来,妻子也离他而去了。无奈之中,他行乞来到这座城市……

"我就是吃了没文化的苦,我希望我的儿子将来不再像我,这小子挺聪明的,现在都能认识好几百个字了。"说起儿子,难以掩饰的幸福立刻洋溢在他的脸上,似乎生活中的诸多苦难都无所谓了。

"你是我见到的众多的行乞者中,最不寻常的一个,我很敬佩你!"我由衷地赞叹道。

"敬佩我?"他有些惊诧地望着我。

"是的,我很敬佩你和你的儿子。"我十分认真地说道。

"谢谢你,谢谢你能够坐下来,听我把藏了许久的心里话都掏了出来,这也是我第一次跟陌生人讲这么多的话。"他的脸上没有我熟悉的那种抑郁,只有一份命运在握的从容与坦然。

他执意不肯接受我递给他的那张百元钞票,他说:"我的确很需要钱,但我更需要有人能够像你这样坐下来跟我说话……"

我把刚买的杂志塞到了那个小男孩的手里,轻轻拍拍他的头,默默地祝福他明天会更好。

走出了很远很远,回头看时,看到那对年轻的父子仍在朝我挥手,我的眼睛立刻模糊了,心里涌过一股难以名状的感动。

今夜，我为你写一首清纯的小诗

其实，这是一个很平常的日子。

白天搬动书柜时，不经意地翻开大学毕业留言册，再次目睹你青春灼灼的容颜，不由得怦然心动，一个不容拒绝的愿望油然而生——今夜，为你写一首诗。

此刻，在那个繁华的都市里，也许你正与丈夫一起幸福地欣赏精彩的电视节目，也许你正同一位朋友津津有味地谈论某个流行的话题，也许你正给孩子讲述迷人的童话……但你肯定不会想到，千里之外，你的那位依然清贫但绝不自卑的同窗，会在这样一个月朗星稀的夜晚，一如当年那样，在认真地为你写一首清纯的小诗。

虽然你我已是山一程水一程，已是多年音信杳无，彼此都已走过浪漫岁月，并且你也从未对我有过哪怕是片言只语的请求，我也不曾有过半点儿的承诺。可是，我还是要告诉你：就在今夜，我一定要为你写一首清纯如水的小诗。

是的，这是物质生活空前繁荣的时代，已经很少有人再对诗歌痴迷了，人们更为关心的是如何赚钱，如何消费得够档次，如何活得出人头地……就连当初许多女孩子崇拜的"校园诗人"阿伟，现在也去搞广告策划去了。那次聚会，他喝得红光满面，却掩不住怅然叹道："整天让钱弄得疲惫不堪，一点儿写诗的心情也没有了。"望着阿伟那明显发福的身子，我真不知道该说些什么。

其实，我自己也是这样，毕业几年来，一直在疲于奔命，为工作、为房子、为职称……劳心劳力，忙碌而无奈，已经许久没有静下心来写一点儿东西了。

直到那一天，一位十六七岁的女孩，拿着一本许多年以前出的刊物，指着上面我写的那首诗说："老师，你再给我们写一些这样有青春气息的诗，好么？"

面对那双清澈的眸子，面对那一语诚挚，我恍然发觉：就在不经意之间，我那充满诗意的青春正悄然逝去，苍老的不仅仅是眼睛，还有泪水啊……

真该伸出挽留的双手了，挽留住生命中那些不可或缺的诗意。或许那只是一段灼痛心灵的往事，一个美丽无琢的故事，甚至只是一个会意的眼神，一抹恒然的微笑……这些美丽的情节，我们真的都应该好好珍惜啊，就像今夜，想着你倚栏的倩影，我极其认真地拿起笔来，在那素洁的稿笺上，倾泻绵绵如缕的情思。

我知道，这首简单而真诚的小诗，也许最终也无法抵达你的案头，也许只能永久地栖息在我的蓝封皮的日记里了，但我依然深情满怀地遥望远方，为你也为我写下这个曾无数次书写却永远年轻的题目——青春有约。

第三辑

爱的认真：一朵朵绽开的都是美好

因为认真，一件寻常的小事，也会闪耀出人性的光芒；因为认真，一个普通的日子，也会散发出迷人的芬芳。无需刻意地雕琢，也不要做作的掩饰，只要那份认真得有些傻气的爱，简单又丰富，自然又深邃。

倾听花开的声音

在大兴安岭深处,有一间小屋很不起眼,小屋四周栽种的许许多多的花草,却非常引人注目,无论是谁,只那么不经意地一瞥,便会被深深地吸引。

那个夏日的黄昏,我邂逅了小屋的主人——那位一辈子与大山相伴的老伯。彼时,他正坐在那片姹紫嫣红的花朵中间,惬意地微闭着眼睛,一任金色的阳光轻柔地抚摸着周身,一任浓郁的花香扑面而来,整个人儿仿佛都进入了"物我两忘"的情境之中。

面对眼前静美的画面,我不禁放下了手中的相机,也俯下身来,和老伯一起静静地欣赏那些鲜艳欲滴的花朵和那些待放的蓓蕾。

过了许久,我有些好奇地问老伯:"你天天守着这么多的花,怎么还会那样心驰神往?"

老伯一脸自豪地告诉我:"那是美啊,尤其是花开的声音。"

"花开的声音?难道您听到了?"我惊讶得张大了嘴巴。

"当然了，那些花开的声音，我都听得见，听得懂。比如，茑萝的轻柔，剑兰的干脆，苜蓿的羞涩，芍药的热烈，木槿的含蓄……每一种花开的声音都是不一样的。"老伯像一个飘逸而智慧的隐者，目光里透着穿越时光的深邃。

"可是，我怎么听不到呢？"我遗憾，又特别羡慕老伯。

"你也能够听到的，只要你心存美好，远离喧嚣，就会拂去乱耳的那些杂音，自然就能听到花开的声音了。"老伯哲人似的。

"哦，原来如此！"我恍然大悟地点点头。

老伯的话很值得细细咀嚼——是的，行走在滚滚红尘当中，我们许多人都在被各种嘈杂的声音包裹着，被各种喧嚷的声音吸引着，被各种热闹的声音诱惑着，不知不觉间，许多心灵已被周遭的喧哗与纷扰包围了，已屏蔽了许多自己真正喜欢的声音，自然难以听到花开的声音了……

其实，若想听到、听懂各种美好如花的声音，必须先拥有如花一样善美、纯净的心灵。唯此，方能身心俱静，闻得那些天籁之音。譬如，听到一颗流星滑过银河时如裂帛一样的訇然之声，听到一株参天古树迎向狂风骤雨时如钢琴般的激越之声，听到一棵小草寂寂地生长的悠然之音，听到一条小溪不舍昼夜奔流的欢快之音……

走进五光十色的沸腾生活，若是愿意怀着如花的心情，悉心倾听，自然也会听到各种美妙如花的声音：可以从失聪的邰丽华和她的伙伴们精彩绝伦的《千手观音》表演中，听到生命灿然之声；可以从摇着轮椅让思想穿越时空的作家史铁生那些深刻的文字里，听到人生慨然之声；可以从街角那位修鞋的老人淡定如云的眼神里，听到生活从容之声；可以从早市那位卖煎饼的妇女有条不紊的忙碌中，听到日子充实之声；可以从母亲站在阳台上张望儿子回家的目光里，听到心房温润之声……

就这么简单——只要敞开心扉，拥抱美好，无论是谁，都会在轰鸣的机器旁，在神圣的讲台上，在广袤的原野，在遥远的边关……从深情经过的每一处山水那里，从真情投向的每一个伟大或平凡的人物那里，听到无数动人的声音——或激越，或深沉，或雄壮，或婉转，或舒缓，或幽微，或绵长，或短暂……

岁月的长河中，美丽、芬芳的花朵在竞相绽放，一朵一朵，都传递出无比美妙的声音，都在等待着我们慧心的倾听。由此，且让我们心存爱意，一次次认真地聆听，一次次感知生命绽开的美好与神奇。

赚快乐更重要

第一次见到他,我就惊讶:那么帅气的一个小伙子,怎么会去卖猪肉呢?

等熟悉了以后,我更惊讶了,他居然毕业于名牌大学,学的还是很热门的专业,放着那么多好工作不选,偏偏去了超市站柜台卖鲜肉。

那天,我第一个走进超市。看见他正手持一把锋利的短刀,先前后左右端详着放在案板上的半扇猪肉,仿佛在脑海里进行了一番构思。然后,他开始进行细致的分解工作,他的那把刀像附了魔力似的,随着他手腕的上下翻转,纵横穿梭于骨肉之间,时急时缓,忽停忽走,真是行于当行之处,止于当止之处,干脆利落,绝不拖泥带水。一块块分解下来的肉,按照不同的部位,被他分类地摆放妥当。接下来,他又拿来一把利斧,开始将排骨分割成若干大块。只见他瞄准选好的切入点,手起斧落,似乎没用多大力气,那骨头便应声断裂,没有丝毫的骨渣飞溅。不过五分钟,一项任务轻松完成,再重新开始。

看到他那行云流水般的娴熟操作,我不由得想起了庄子笔下的《庖丁解牛》,心里暗暗折服他的这一游刃有余的绝技。

更让我惊叹的是,他始终面带微笑地工作时,身旁还放了一个单放机,里面播放的不是流行音乐,而是理查德·克雷德曼的钢琴曲。就在那轻柔、舒缓的美妙旋律中,他把那看似枯燥乏味的工作,变成了饶有情趣的艺术表演。

等顾客陆续进来买肉时,他又向人们展示了一项绝活:顾客只要说出自己想买的重量,不管是几斤几两,他笑呵呵地道一声"好嘞",过去随手抓起一块肉,或者在那大块肉上只一刀下去,放到秤上一看,跟顾客要求的几乎毫厘不爽。眼光准,手头更准,顾客啧啧称奇。

我问他,花多长时间,练就了这一套卖肉的绝活?

他不无骄傲地告诉我,他只练了半年多,因为他特别喜欢这份工作。另外,他的基础较好,大学时解剖学那门课学得特棒。

我好奇了:"既然你的专业那么好,为什么选择了卖肉?"

他笑着:"因为喜欢啊。"

"仅仅因为喜欢?难道不觉得把辛苦学习的专业知识扔掉了可惜吗?"我仍有些不解。

"卖肉不也是一个重要的专业吗?相比较而言,我更喜欢这个专业。"他手上忙碌着。

"你说的也有道理。可是,这个专业赚不了大钱啊。"我直言不讳了。

"比赚钱更重要的,是我干这个工作,可以赚到快乐。"他没有丝毫的自卑。

"赚快乐？"我的心弦突然被拨了一下。

"对啊。如果工作的目的只为了赚钱，那我肯定不会选择卖肉的。但如果把工作当成快乐的享受，我还是最喜欢卖肉，因为在卖肉的过程中，我获得了太多的乐趣。这其中的快乐，是多少金钱都买不来的。"他的眼神中流露出的喜爱，那样自然。

"我知道了，你在一份看似简单的工作中，练就出超人的技艺，这一切都缘于你始终把快乐做事放在首位，而没有将赚钱放在前面。"我似有所悟。

"赚钱当然也很重要，我技术好，服务好，创造的效益高，奖金也多，但最让我欣慰的，还是我每天都快快乐乐的，这是最重要的。"他还说了他的理想，说他要带出一帮徒弟，还要根据卖肉的体会，写一本励志的书，里面要配上好多有趣的漫画。

望着白净、帅气的小伙子，我不禁慨叹："即使是卖肉，也能卖出一种生活情趣，卖出一种人生境界，只要一个人心存热爱。"

一张白纸可以画满心愿

那会儿,她刚刚大学毕业,正是青春灼灼,又天生丽质,追求她的男子很多,他们各有优长,有的事业有成,有的家境优越,有的才华崭露,有的兼而有之。置身于爱的包围中,她幸福着,也烦恼着,因为一时不知该如何取舍。

她向最要好的朋友请教,朋友没有给她明确的答案,而是讲了一个故事。

那年秋天,经历了多次跳槽,依然没找到可心的岗位的朋友,心绪烦乱中,独自去了西北,想看看风景,散散心。

那天下午,朋友路过陇西高原的一个黄沙漫野的小村。在村口的土边,朋友看到一群七八岁左右的孩子,或弯着腰,或蹲在地上,或者干脆跪在地上,正每人手持一截树枝,在刚刚被一场小雨淋过的湿软的黄泥路上,认真地描画着自己心中最美的画图。有画太阳的,有画大树的,有画小人儿的,有画牛车的,每个孩子天真无邪的瞳仁里，都闪烁着一览无余的爱恋。

朋友忽然发现，那个最小的大约只有四五岁的小女孩，一只手里握着很短的一截蜡笔，蹲在那里轻轻摇晃着两个小辫，看着别的孩子尽情地描画，她的眼里流露出明显的渴望，但她的面前却是一片空白，虽然她的另一只手里也握着一截树枝。

朋友好奇地问小女孩："想画什么？为什么不动手呢？"

小女孩仰起脸来："我想画有很多星星的天空，可是画不亮那些星星。"

"哦，原来是这样。我可以帮你画吗？"朋友也随手拣起一截树枝，准备加入他们的行列。

"可以啊，你要是能送我一张白纸就好了。"小女孩突然提出这样的请求。

"这个好办。"朋友想起自己背篓里还有几张没用过的白纸，忙拿了出来。

"啊，太好了，我可以把星星画亮了。"小女孩兴奋地坐下来，把一张白纸翻过来摊到膝盖上，拿起那一小截黄色的蜡笔，有模有样地画起来。

朋友凑过去，看到小女孩画好的三颗金黄色的星星，果真比那些画在泥地上的鲜艳多了。刚才还在兴奋地作画的那些孩子，全都围拢到小女孩身边，他们不无羡慕地看着小女孩膝盖上的蜡笔画。小女孩则一脸的自豪，像一个骄傲的小公主。

原来，她只要一张白纸，就可以实现自己的心愿，就可以那么开心地站在叫人羡慕的中心。那一刻，朋友如醍醐灌顶，恍然明了：一直让自己烦恼的，不是工作岗位的好坏，而是自己心里塞了太多的欲求。

后来，朋友选定的岗位上，快快乐乐地工作，没过多长时间，便成绩斐然。

　　听了朋友的故事,她茅塞顿开——只需要一张白纸的小女孩,和只需要一份喜欢的工作的朋友,都那样轻松地找到了快乐。其实,自己跟他们一样,要获得幸福的爱情,其实只需遇到一颗与自己相爱的心。

第三辑　爱的认真：一朵朵绽开的都是美好

永远的糖醋黄瓜

男孩来自僻远的山村,家境极为贫寒,他读师专的学费和各种生活费用,全靠自己辛苦打工积攒,因而他是全校最忙碌的学生,同时兼了好几份工作,整日没白没黑地忙忙碌碌。认识他时,住在本市、家境优裕的女孩正在外语学院德语系。就在那一次高校文艺汇演中,女孩悄悄地喜欢上了聪慧、朴实的男孩,并开始找了许多漂亮的借口,一次次跑到男孩读书的师专看他。

在两次不遇而归后,女孩见到了刚刚做完家教回校的男孩。这时,她已等了他足足三个小时,男孩同寝室的同学都羡慕他,羡慕那么漂亮的女孩竟对他如此痴情。

那天,已快过食堂的饭点了,男孩提议去校园附近的饭店,女孩嫣然一笑:"我最喜欢吃的是糖醋黄瓜,听说你们学校食堂做得不错,能领我去品尝一下吗?"

男孩面露难色:"当然可以,只是现在恐怕没别的菜了。"

"一个菜就足够了,比起山珍海味来,女孩子家还是更看重体形的优美。"女孩的自然随和中,透着一尘不染的真诚。

男孩欣然为女孩点了一盘糖醋黄瓜,他自己则要了两个蒜茄子。

看着女孩吃得很香甜的样子,囊中羞涩的男孩心里有些释然,但仍不免困惑:"你怎么知道我们学校的糖醋黄瓜好吃?"

女孩莞尔:"我从小就喜欢各种小吃,尤其是糖醋黄瓜,更是百吃不厌,自然知道到哪里讨口福了。对了,我们学校附近刚开了一家西安风味小吃店,哪天你到我学校,我请你去品尝一下,好吗?"

男孩愉快地答应了,但他却许久没有去外语学院,因为一是他实在是太忙碌了,二是他很自卑,尽管他内心里很喜欢那个纯洁、美丽的女孩,却固执地认为自己根本配不上女孩,没有资格与她共涉爱河。

聪明的女孩早已看出男孩的心理,她也不曾说破,只是经常寻了借口,倒几路公共汽车,到男孩的学校看他。每次去,她都要高兴地跟男孩去食堂点一盘糖醋黄瓜,那极便宜的小菜,竟成了女孩的最爱。当女孩请男孩吃饭时,她总要为他点一份排骨或别的肉类,男孩起初有些不好意思,说自己请她吃的都是价格低廉的素菜,她却请他吃大荤大肉。

女孩笑着狡辩道:"我们这是荤素搭配,吃着不累。"

"那叫'男女搭配,干活不累'。"男孩认真地纠正女孩。

"道理一样,我觉得这样很开心的,你就不要破坏本女士的情绪了。"女孩拿出了可爱的任性,说了一串男孩听不懂的德语,然后狡黠地冲男孩甜甜一笑,温暖得男孩再也找不到反驳的词汇了。

云淡风轻的日子匆匆而过,因了女孩的柔情闯入,男孩心里竟有了糖醋黄瓜的味道——甜润清爽之中,透着一丝丝意犹未尽的酸味。

暑假的一个周末，父母均不在家，女孩邀请男孩去她家做客，女孩亲自动手做了一桌子丰盛的菜肴，却没有以往每餐必备的糖醋黄瓜。

男孩惊奇地问女孩："怎么没做你最喜欢的糖醋黄瓜？"

"那道菜，我要等着你来做呢。"女孩的笑涡里藏着让人怜爱的调皮。

男孩挠挠头，有点儿为难："现在不行，等我学会了，一定做给你吃。"

"那就一言为定，我等着你早日给我做糖醋黄瓜吃。不过，你准备给我做什么风味的？做多久呢？"女孩说出这话时，脸上不觉已是一片绯红。

"我，我听你的……"四眸相对时，男孩读懂了女孩那热烈的心思。

毫无疑问，那顿午餐还没开始，他们心中已被幸福盈满了。

男孩回去后，马上从图书馆借来一大堆菜谱，在同学们惊奇的打趣中，翻找出东西南北中各地不同风格的糖醋黄瓜的做法，还像一个小学生似的，买来黄瓜和各种配料，在寝室里一遍遍地实习起来。三个月后，他终于做出了让同学们都夸赞的味道颇佳的糖醋黄瓜。

然而，生活中总是有太多的波折，本以为会与男孩牵手走过幸福一生的女孩，竟还没吃到他的糖醋黄瓜，就怅然地与他分手了。事情的原因简单而复杂，女孩的父母坚决反对她与男孩的爱情，因为他们马上就要举家迁往德国了，女孩凭其优异的学业，和殷实的家庭背景，必将有着令人羡慕的前途，而男孩按当初签订的委托合同，毕业后将要回到那个偏远的山村，做一个清贫的教书匠。孝顺的女孩，在一番热烈的争执后，还是向父母妥协了。

男孩能够理解女孩父母的苦衷，也能理解女孩最后的抉择。其实，能与女孩拥有那样一段清纯、浪漫的初恋，他已十分满足，尽管那样的结局，让他的内心浸满了难言的酸涩，他还是故作坦然地接受了命运的安排。

女孩很快便不辞而别，踏上赴德国求学的路。男孩知道她离去时，心里的痛苦不会比他更轻。一年后，男孩回到山村教书，接着娶妻生子，简单而实在的日子流水一样朝前走去。

十几年后，男孩考上了博士，带着妻儿定居在南方的一座繁华的都市。这期间，他没有女孩的任何消息，那些美丽的往事竟成了"草色遥看近却无"的无限春痕了。

一天，朋友从日本归来，带回一罐黄瓜腌渍的风味小菜。他举箸一品，味道竟像是自己当年做的糖醋黄瓜，再品，感觉依然。待他拿起那瓶罐仔细一端详，不禁哑然：这个粗心的朋友，买回的正是黑龙江省出口到那里的名优产品。

望着那个包装精美的小罐，男孩的心猛地一颤，女孩年轻的笑容再次浮现在眼前，那些与糖醋黄瓜相关的往事也清晰得宛若都发生在昨天，他和她曾经的点点滴滴，都绵绵不绝地涌来。

哦，那酸酸的，甜甜的，正是从未飘出心海的记忆啊。男孩明白了——岁月可以苍老人生，但美好的情感却会永远年轻，就像那酸甜的糖醋黄瓜，无论时光怎样流逝，无论走过怎样的千山万水，都将是他今生品味不已的一道美味。

为女儿颁奖

我是在网上认识苏珊的,那段日子我正忙着为几家杂志赶写约稿,特别需要一些新颖的材料,朋友便向我推荐了那个加拿大人创办的名叫"相信成功"的网站。很偶然的一天,我在那里先是读到了苏珊的一篇描写父亲的文章,那轻盈、自然的文笔,像一方青青的草地,立刻吸引住了我。接着,我登陆了她的个人主页,翻阅了她从 3 岁到 16 岁拍摄那些阳光灿烂的照片,还欣赏了她的许多可爱的简笔画。

苏珊自幼丧母,因患有先天性肌肉萎缩症,她没有行走过一天,也没有上过一天学,做卡车司机的父亲是她的启蒙老师。但如今,她读书、画画、写作、上网玩游戏、参加社区活动,跟许多健康的同龄孩子一样快乐地成长着。她在发给我的邮件中,贴了一枚十分漂亮的加拿大红枫叶。她说那是她父亲送她的第一份奖品。

"你父亲为何要送你那样的一件奖品?"我很惊讶她那卡车司

机父亲别具情趣的创意。

"奇怪吧？父亲给我的奖品好多好多呢，我可以领你参观参观我的荣誉室。"苏珊流露出不加掩饰的骄傲，她引我走进了她网上那间特别的荣誉室。

哦，苏珊的奖品还真不少啊：那只漂亮的鹅毛笔，是奖励她完成第一篇作文的；那个缀着卡通饰品的风铃，是奖励她第一次驾驶自助车参加社区运动会的；那写着几个歪歪扭扭的汉字的条幅，是奖励她第一次完成电子邮件发送的；那套法国产的水彩笔，是奖励她的一幅简笔画登上了当地的一家小报……还有一打漂亮的明信片、一条红色的丝巾、一件松树根雕、几块彩石……许许多多价格不高但绝对很有意义的奖品，都是苏珊这些年来取得一个个小小的成功后，父亲为她精心挑选的奖品，它们见证了苏珊的成长。

"你不知道，父亲还给我制作了许多奖励证书和奖章呢，等着以后颁发给我呢。"苏珊自豪地告诉我。

"是吗？它们一定很漂亮吧？"我更加好奇起来。

"我相信一定很漂亮，我要努力，早一点得到它们，到时候再给你看看。"苏珊充满自信地给了我一个美好的期待。

"好的，我一定等着看你父亲颁发给你的奖章和证书。当然，我还相信你会收到别人发给你的许多奖励。"我真诚地期待着那一天的到来，我相信自己不会失望的。

"谢谢你的祝福。父亲也说过，只要我不断地努力，将来给我颁奖的，还会有很多很多的人，不仅仅是父亲。"虽然隔着千山万水，但我分明能感觉到苏珊洋溢的自信和执著。

"你应该骄傲，你有一个好父亲。"我由衷地赞叹道。

"是的，无论我将来能获得多少珍贵的大奖，但在我的心中，父亲的奖品都是价值连城的，都是我一生要珍惜的，因为那些奖品都是由一种宝贵的原料制成的,那就是——爱。"苏珊还告诉我,她刚懂事时,看到自己丑陋的样子,她自卑、抑郁甚至怨恨上帝,不愿意跟外面任何人交流,非常的自闭,仿佛身外的整个世界都与自己无关。后来,是父亲的那一件件小奖品,让她明白了:身体的缺憾并不是一件多么可怕的事,她今生有些事情可能做不了了,但还有很多事情自己可以去做,还可以把很多事情做得很好……

我欣然于苏珊的乐观向上,更肃然起敬于她那普通而伟大的父亲。他懂得爱自己的女儿,就要帮她自信、自立、自强,就要为她的一点一滴的进步鼓掌加油。他送给女儿的一个个看似微不足道的奖励,多么像一缕缕爱的阳光啊,不仅轻轻拂去了女儿心头的云翳,还点燃了她的一簇簇希望。

曾经感动于许多关于父爱母爱的故事,但在这个炎热的夏季,仿佛一缕清爽的和风拂面而来,我被异国的苏珊父亲的智慧之爱深深感动了。许久许久,我的脑海里不停地跳动着那位著名作家的真切感慨——给年轻的心灵多一些爱的激励,就会多诞生一些奇迹。

你是我永远的"公主"

仿佛就在一夜之间,她的生活从人人羡慕的高空,跌落到了冰冷无比的深渊。

身为银行行长的父亲因违规放贷给朋友,给国家造成了近亿元的损失,被判了十五年的有期徒刑。宣判结果尚未出来,母亲便精神恍惚地自杀过两次,虽然被及时抢救过来,但谁见了她那抑郁的眼神,都不禁要揪心地一颤。

还有三个月就要拿到大学毕业证书的她,在父亲出事不久,便对"人情冷暖"这个寻常的词汇,有了刻骨铭心的体验:原本爽快地答应接纳她前去就职的那家公司,找了一个带着明显漏洞的借口,将她拒之门外;再去找当初信誓旦旦地许诺帮她找工作的几位父亲的"朋友",他们或面露难色,或虚情假意地敷衍;海誓山盟过的男友也不辞而别,只在国外给她打了两分钟的电话,便结束了他们三年的恋情。

独自面对镜中疲惫的自己,她长叹一口气:原来,曾簇拥在自己前后左右的那些笑脸,都与父亲显赫的职位有关,而并非自己做得多么优秀。

这样想着,一股阴森森的冷,便从脊背上升起,直入发间,头皮凉得发麻。炎炎的夏日,于她,已触到了飞雪千里的寒意。

她落寞地出门了,在人声鼎沸的人才大市场上,一次次地投出求职简历,一次次地接受不同单位的挑选,一次次地收获失望。没人知道,背地里,她流了多少泪,从眼睛里,从胸腔里。

"喂,公主,公主。"她一只脚刚踏上公交车,身后传来他大声的喊叫。

"是你,老同学。"对着呼哧呼哧地追上车的他,她有着非常深刻的记忆:他们是高中同学,只是她家境好,学习好,是老师心目中的优秀学生;而他,学习一塌糊涂,小臂上刺了一条青龙,常带着几个男生招惹是非,是校长都头疼的"刺头"。

"真是你啊,公主。"他一脸的兴奋,毫不掩饰地叫她"公主"。

"别公主公主的了,我现在连个丫鬟都不如了。"苦涩涌过她的心陌。

"不,你在我心目中,永远都是美丽、聪明的公主。"他的嗓门很大,引得好些乘客直瞅他俩。

"看你说的,我有那么好吗?"当年他喜欢在人前背后叫她"公主",问他缘由,他说,她有公主的气质,有让人敬的感觉,一看就跟别的女孩不一样。那时,她还笑嘻嘻地追问过他,到底是哪里不一样。他挠了半天头,也没有给出具体答案,只是强调就是不一样。

"当然,你是我们班级的骄傲,我在哥们儿面前一提你是我的同学,老有面子了。"

"别夸我了,说说你这些年的故事吧。"

"到前面下车，我请你喝扎啤，我们聊一会儿吧。"他告诉她，他昨天买彩票中了500元钱的奖。

受了他快乐情绪的感染，她愉快地接受了他的建议，尽管她一向不大喜欢喝酒，更喜欢喝咖啡。

坐在临街的一个大排档里，就着几样简单的小菜和凉爽的扎啤，他和她有了高中毕业后第一次畅快的交流。

这时，她才知晓：当年，校外的一个小混混要打她的主意，他知道了，便带着几个朋友跟那个小混混一伙儿开战，因那场动了刀子的轰动校园的"群殴事件"，他被学校开除了，但他对当初打群仗的原因始终守口如瓶，他的那几个好朋友也一直以为是他受了小混混的欺负，才拔刀相助的。

"谢谢你，谢谢你曾给予我的保护。"他不以为然的讲述，让她心里暖暖的。

"谢什么？谁叫你是我的同学，又是我心中的公主呢？以后有需要我做的，尽管吩咐。"他豪爽得像一位双肩担道义的侠客。

"有你这样的同学，真好。"她由衷地感慨道。

"这话我爱听，别看我没有考上什么大学，也没有什么体面的工作，赚钱也不多，可我幸福着呢——有一个特爱我的老婆，有一个聪明的儿子，还有一群能大碗喝酒的朋友，我从不跟人攀比，也不自寻烦恼，难事苦事，轻轻一笑了之。"他一脸的满足。

"真羡慕你，能够保持这么好的心态。"她忍不住将心底的苦恼向他全都倾诉出来。

"别怕，有我呢。"他又像当年那样英雄气壮地一拍胸膛，只是他小臂上的文身不见了。

"有困难找你，但你得答应我一定不要动武啊！"她心里陡然有了被呵护的幸福。

"放心吧,我再不会像从前那样蛮干了,生活已经教会我要用脑袋解决问题。还有,我也不能让老婆孩子为我担心啊,是不是?"望着他宽阔的身板和脸上那成熟的自信,她相信做他的妻子一定很幸福。

没想到,两周后,她真的给他打了电话,因为好容易找到一个满意的单位,偏偏碰上了一个好色的上司,总找她的麻烦,迟迟不能办理报到手续。他听了,只轻松地一句:"别怕,有我呢。"

没过几天,她不仅进了那个单位,还被调到了一个原本不敢奢望的更好的部门。

她惊讶地问他用了什么办法,他没说具体办法,只说当然是用了智慧。由此,她对他更加敬佩而感激。

她刚刚为工作的事情松了一口气,母亲的抑郁症却愈发厉害了。她正焦躁得手足无措时,他不由分说地带着她和母亲直奔北京那家著名的专科医院,他安慰她:医院院长是他最好的朋友,可以帮她减免一大笔治疗费用。

一年后,母亲病好了许多,已经能够上班了,她在单位也因为业绩突出得到了提拔,并遇到了一位知心恋人。那天,她选了一个好饭店,准备请他一家人,好好答谢一下他那些雪中送炭的关心和帮助。

电话打通时,却得知,此刻他正躺在医院的重症监护室里面,静静地等待着生命的谢幕——大面积扩散的癌细胞,已将他啃噬得瘦弱不堪。

泪雨滂沱的她扑到他床前,他强忍着钻心地疼痛,冲她笑着:"公主,别怕。"

"为什么早不告诉我?"握着他那曾给予了她无穷力量、如今已瘦若枯枝的手,她整个胸腔都在绞痛着。

"怕吓着你，想等好起来再告诉你，可是……不过，有人照顾公主了，我也安心了。"一向大嗓门的他突然柔声细语起来。

"别怕，有我呢。"她想起了他的口头禅，紧紧地握住他的手。

原来，自小父母离异的他，曾饱尝过太多世俗的冷眼，当许多学生对他畏惧、躲避时，家境优越的她，却平和地走到跟前，和他说了几句很懂他的话，还送了他一本他买不起的名著。就因为这个，他把她一直看作童话中的公主，看作心中的神。

离开学校后，他四处打工，开始多是一些靠力气吃饭的工作，后来，靠着侠义，他结交了一些朋友，有了自己的生意，也赚了一些钱。三年前，他就检查出了食道癌，也做过两次小手术。其实，他根本没有结婚，甚至没听说他谈过恋爱，他向她描述的那些幸福情景，是他心中的渴望，也是为了安慰她。他这些年的积蓄，除了治病，都花在了朋友们身上。她能够有如今这样的好职位，归功于他当初塞给那个主管领导的一个大红包。而母亲治病花的很多钱，都是他悄悄地垫付的，他根本不认识那位医院的院长……

在他生命最后的三天三夜里，她谢绝了他所有好友的换班请求，一直守护在他身边，絮絮地讲着他一直想听的那些大学里的事情，讲着这几年里的苦辣酸甜。为了减轻他身体的剧痛，她叫医生为他注射了大剂量的镇痛药。

他留给她最后遗言是："我真幸福，有公主照顾着我上路。来世，你还做美丽的公主，我还站在你的身后保护你。"

"我要你一辈子保护我！"她冲他大声喊道，也喊给他热爱的人们。

"别怕，有我呢。"每每在她心生怯懦时，她都会不由自主地想起他，想起他那怜香惜玉的热忱与豪爽，想起与他一同经历过的那些琐琐屑屑。

  由此,她不再害怕。因为她知道,有一双明亮的眼睛一直在看着她,像一位忠诚的卫士那样,悉心地呵护着他心中永远的"公主"。

最美的母亲

母亲那张骇人的脸实在太丑了。她的奇丑，曾是他幼小心灵挥不去的隐痛。每每看到别的小朋友拥在自己漂亮的母亲身边撒娇，他便会在羡慕的同时，也滋生一缕怨恨，怨恨自己不幸摊上了世界上最丑的一位母亲。随即，无形的自卑和难过便自然地缠绕过来。

母亲早已从他的眼神里读懂了他的心思，她像犯了不可饶恕的罪过一样，在他面前总是低三下四的，甚至经常要刻意地去讨好他。母亲越是这样，越让他感到不舒服甚至更加讨厌。有一段时间，他特别想远远地逃离那个家，希望不再看到丑母亲。

他读书很用心，成绩始终排在年级的第一名。良好的学习成绩为他赢得了一份骄傲，也让他对外面世界的渴望更加强烈起来。他常常一个人坐在家乡空阔的山岗上，望着蜿蜒的山路尽头，一任思绪悠悠地飘荡到远方。

16岁那年，他要走出封闭的大山，去县城里读高中了。临行前，他刚刚流露出不要母亲送行的一点意思，母亲便明白了，她掩饰着说他真的是长大了，能独立上学了，还说已请邻居郑大伯开农用车帮他把行李等送到公共汽车站。他默许了，依从了母亲的安排。

早上起来要上路时，他摸摸母亲在他贴胸的口袋里装好的学费，一丝伤感涌上心头。父亲在采石场被哑炮夺去生命后，母亲为供养他上学付出了令人难以想象的辛苦，每一分钱学费里面都凝着母亲的心血和希望。他突然冲动地想让母亲送自己一程，他知道那样她会很开心的。可母亲昨晚就说自己要起早到邻村帮人种苞谷挣钱，现在已经悄悄地走了，给他做好的早饭在锅里正热着呢。

三年紧张的高中生活很快就过去了，接到大学录取通知书的那天，他跑到父亲的坟前哭了一个痛快淋漓。作为全村的第一个大学生，他也让母亲背上了最沉重的债务，读高中的贷款还没还清，上大学的学费让母亲东挪西借了许久，还没有凑齐。她头上的白发惊人地多了起来，可她从未向他吐露过一句怨言。

母亲依然丑陋，但他已不像小时那样讨厌她，看到有点儿驼背的她知足的眼神，他感受到了母亲内心深藏的慈爱。

进大学不久，母亲求人代写的信就到了，母亲欣喜地告诉他，她找到了一份很挣钱的活儿，让他吃饱穿暖，安心地学习，下学期的学费一定能够提早攒够。他猜不出没有文化、没有手艺的母亲，究竟找到了怎样的赚钱门路，他猜想出母亲那是在安慰他。读着信，他的眼睛湿润了，不禁为自己这么多年来对母亲丑陋容颜的耿耿于怀而羞愧地自责起来。

很快，他在校园里找了一份勤工俭学的工作，还兼了一份家教。他写信让母亲不要太累了，等他毕业后一定让她过上幸福的生活。

没有想到，再次见到母亲，竟是在县城的医院里。望着躺在病床上的一条裤管空荡荡的母亲，他的眼泪断线的珠子一样扑簌簌地滚落下来。跪到床头前,拉着母亲的手,他久久地哽咽无语。

从接他的郑伯伯嘴里得知,母亲是在上山捕蛇时,被毒性最大的眼镜蛇咬到踝关节,幸亏发现得及时,加上她身体健壮,虽然截去了一条腿,但总算侥幸地保住了性命。

原来,母亲所说的赚钱的工作,就是上山捕蛇卖给城里来的收购者。可是,他知道母亲原来是最怕蛇的,记得小时候,他和小朋友用木棍挑着一条半尺长的土蛇玩耍,母亲看到了竟吓得连呼带叫地跑出老远。好几天过去了,还紧张得连见了蚯蚓都要发抖。而先天视力不好、笨手笨脚、一向惧怕蛇的母亲,怎么会去干捕蛇这种危险的活呢?郑伯伯告诉他,山上的毒蛇比较多,人们平时上山都加着小心,全乡也没几个人敢去冒险捕捉的。是母亲太想多挣一些钱,才冒着生命危险上山的。尽管她做了细致的防范,鞋、裤腿、手臂上都缠了厚厚的布条,可还是……

抱着母亲,他哭着:"我不要读大学了,我只要妈妈健康地活着。"

母亲抚摸着他的额头,双眸里闪着晶莹:"傻孩子,不读书怎么行?那样的话,妈妈的一条腿不就白白地丢了吗?我没有事儿的,往后拄了拐,干什么也不会受影响的。"

很快,伤病并未痊愈的母亲便急着出院了,他也赶回大学了。他学习更刻苦了,并开始拼命地兼职,什么样的苦活累活都不嫌弃,因为他只有一个念头,那就是让母亲少为自己劳碌一些。

然而,他怎么也不会想到母亲伤好后,竟然拄着拐又上山捕蛇了,不只是因为收蛇的价格又涨了一些,主要是她怕儿子为了打工挣钱而耽误了学业。她每天都背着一个采野菜的筐悄悄地上山,偶尔有村里人碰到了,也只是以为她去采野菜了,谁也不知道她又捕蛇去了,谁也不会想到一个拄着拐的丑妇还在悄悄地捕蛇、卖蛇,大家都知道"一朝被蛇咬，十年怕井绳"的古训，更何况她曾经差一点儿把命都搭上了。

她再次遭到了毒蛇的攻击，但这一回幸运没有降临。等人们发现她时，她已停止呼吸多时了，毒液进入了她的全身，整个身子已肿胀得十分吓人。

安葬了母亲，他将母亲生命中最后的一张照片放得大大的，立在坟头，长长地跪在那里，一遍遍大声地呼喊着："母亲，我最美最美的母亲！"

喊声在山谷里朗朗地回荡着，更在他的心田里久久地回荡着……

收藏每一缕阳光

我认识这样一位文友：他患有先天性小儿麻痹症，走路一瘸一拐的，一张有些夸张的豁嘴，让他小时候受了好多的奚落。他的家境也不大好，高中没毕业便辍学了。他换过好多工作，但几乎都属于脏、累、苦的那类，他的婚姻之旅也是一波三折。不过，尽管如此，他却整天乐呵呵地忙碌着，好像自己就是天底下最幸福的人似的。

如今，他有了可爱的妻子和女儿，文章写得也越来越出名。

在夏日的某个午后，被一些琐事搅得心烦意乱的我坐卧不安，便到街上走走，不知觉地便踱进了那间不大的小屋。看到他正哼着歌侍弄那几盆挺普通的花，便一脸惊奇地问他："瞧你一天天像中了奖似的，难道你就没有碰到过什么不开心的事吗？"

"怎么会碰不到呢？"他满眼爱意地给花松土。

"那你为什么总是那么快乐呢？"我有些不解。

"因为我懂得收藏阳光啊！"他冲我神秘地笑笑。

"收藏阳光？"我一头的雾水，大惑不解地望着他。

"是的，过来给你看看这个，你就知道了。"说着，他递给我一个书写得工工整整的日记本。

我好奇地打开日记，看到了下面这样一些跳跃的文字——

今天，我只用两分钟就疏通了邻居的下水道，邻居直夸我是他见过的最棒的疏通工，以后要给我介绍更多的活儿。看来，掌握一门受人尊重的手艺是一件挺幸福的事儿啊。

今天，收到报社寄来的8元钱稿费，给女儿买了一包跳跳糖，她高兴地跟我表白了她的理想——她长大了也当作家，也写稿挣钱。嘿嘿，我这位"作家老爸"言传身教得真不错呢。

今天，在市场上碰到一个卖瓜的朋友，他非要白送我一个西瓜，实在推辞不过，我就送了他儿子两本杂志，我说我们是物质与精神交流，他很高兴，我也很高兴。看来，朋友间的馈赠，并不需要什么贵重的东西，重要的是那一份真诚。

今天，我终于学会了仰泳，是一位退休的老师傅教的。他真有耐心，足足教了我半个月，我都快泄气了，他还那么信心十足。看来，那句话说得真有道理——因为没有了信心，许多的成功便成为了不可能。

今天，在旧书摊上只花了3元钱，就买到了苦觅多年的《楚辞通解》和《文章别裁》两本书，真是苍天不负有心人！

今天，春节从老家回来，忽然看到自己家门上被贴上了对联和大大的"福"字，正惊喜着，看到曾送过空易拉罐的收拾楼道的大娘上楼来，我立刻过去道谢。原来，爱的对面，也是爱啊……

厚厚的一本日记，翻来覆去，简洁、生动地记录的，不过都是这样的一件件毫不起眼的简单、琐屑的小事，都是常常被我们很多人忽略不计的一些情景。我一时还无法将它们与文友所说的"阳光"联系在一起，便纳闷地问他："这就是你收集的阳光吗？"

"是啊，这些就是温暖我生活的阳光。一有闲暇，我就会不由自主地拿出来翻翻，每一次看过，心里都有一种暖暖的感觉。"他宝贝似的摩挲着那已起了毛边的日记本。

"其实，那都不过是你耳闻目睹的一些生活中的琐事而已。"我有些不以为然道。

"是的，它们都是一些常常被人们忽略的小事、小情、小景，可它们都是真实的，都是生动的，都是触手可及的，它们以丰富多彩的姿态，在向我讲述着生活里的种种美丽与美好，它们就像和煦的阳光一样，帮我驱散了心灵中的烦恼、忧郁、贫困、艰难、痛苦……"文友很认真地向我述说着。

哦，我这时才恍然大悟——多么会生活的文友啊，他心里其实也知道生活中有许许多多的不如意，可是他懂得收集生活里面的那一个个感动心灵的细节，他懂得让那些温馨、愉悦的情节更多地占据心灵，懂得如何让自己更多地生活在一份份新奇、感激、成功、快乐、自由等等簇拥的天地中，从而冲淡岁月中的那种种的不如意，让幸福总是阳光一样洋溢在身边。

哦，我终于知晓文友之所以一直那样自信、充实、幸福的秘密了：真正会生活的人，并不回避人生的风风雨雨，而是懂得在阳光灿烂的日子珍惜生命，并学会收藏那些阳光一样温暖的情节，并在一次次深情的品味中，真切地感受那一缕缕的幸福……

那天，在《中国青年》上读到一位与疾病顽强抗争的女孩的故事，在深深地为女孩的"阳光精神"感动中，我不禁再次默默地念起了支撑女孩生命的那句格言——谁都没有理由拒绝阳光，因为谁都无法拒绝爱。是的，一个人只有心中有了绵绵的爱，才懂得珍惜阳光、收藏阳光、沐浴阳光、播撒阳光……

情意缤纷的笔名

走在五月满目青葱的原野上,阳光暖暖地烤着前胸后背,花草淡淡的清香若隐若现。忽然,想起曾答应一个喜欢写作的美丽的女孩,要帮她取一个能带来好运的、别致一点儿的笔名,何须思索,目光所及,呼之已出的便是一个生动的名字——陌上青青。写作,就像在陌上耕耘的农夫,希望的种子撒下了,辛勤的汗水撒下了,谁不愿意看到自己精心照料的田间长满青青的庄稼呢?那蓬勃生长的青翠,是朴素而醉人的风景,洋溢着生命的热诚与活泼,缤纷着生活的热烈与期待,眼睛只那么随意的一瞥,心海便会波涛汇涌,不禁要向着美好浮想联翩了。

若是感觉上述的意境阔大了一些,那就裁取其中小小的一角吧,且曰:一叶倾心。是的,智者善于在一枚叶子上推敲阳光,在一滴露珠上梦想海洋,最细微、琐屑的点点滴滴里面,往往藏着最博大、最深奥的玄机。写作,就是要敏锐地去感知,去细心地发现,去自由地创造，以一枚叶子深入四季的认真，倾听世界美妙的声音，也传递拂过心头的每一缕微风的颤动。倾心，向着那爱意充盈的眼睛，向着那敞开秘密的心扉……

或许，更喜欢将每次写作都看作是与自己心灵的对话，看作是将心底的感觉、感受、感慨、感悟……娓娓道来，就像月映青苔，就像泉流石上，就像花落深谷，那自然就是——轻音曼流。不去驾驭那些鸿篇巨制，不刻意求取所谓的深奥与玄秘，也不哗众取宠地花样翻新，只一任简单、率真亦不乏深刻的情思汩汩奔流，若穿山跃涧的溪水，一路叮咚着小提琴上的梵音，徐徐缓缓，从容而淡定。

或许已感觉到岁月的匆匆、世事的无常、人生的短暂，或许有某些刻骨的落寞，甚至某种痛彻心灵的无奈，总是挥之不去。那么，有四个字或许最可寄托——落落清欢。那是花团锦簇后的素面朝天，那是屏蔽了纷纭嘈杂后的心平气和，不要任何的修饰，也不做任何的遮掩，连寂寞也坦然呈现，连泪珠也自然滚落，但绝不做怨人，不自怨自艾，不心灰意冷，而是能承受生命之轻亦能承受生命之重，寂寥中也有一份轻喜，孤独时也有一份别样的欣悦。落落清欢，一种独特的生命体验，一种诗意的生活方式，谁能够真正地读懂？

其他的呢？热烈又不失想象的依依，轻轻地读来，便有几多的柔情，便有几许的怜爱；古典又新潮的清平月，多么像一册新版的名著，古朴中流露出鲜明的现代气息；还有时尚得近乎前卫的醒着的梦、拈花无语、兰舟不渡……每一个名字，都藏着一份特别的情意，都是一幅独特的风景，谁都不可以轻视，不可以慢待，而需要细细地谛听和认真的阅读，当然，更可以轻轻地抚摸和深深地品味。

其实，笔名也是一个特别的符号，是一些心情和意愿的特殊编码，内里往往寄寓了很多的情思。如此，素年锦语，或许该是一个内涵相对丰富的笔名了，我辈或许终生都在素年里流转，拥抱着平凡的工作，经营着朴素的日子，守着一份珍贵的亲情、友情、爱情、真情，有梦想、希望、追求、感动、愉悦，也有失落、懊悔、寂寞、苦楚，但那又何妨？那正是生活丰富无比的本来面目啊。更重要的是，我们还拥有给平淡添加色彩的锦语，还有跟随梦想起飞的锦言，还会笔端流云，还会恣意文字，还会凝聚了爱，汇集了真善美，让无数的美丽簇拥在我们身边，一生不舍不弃地追随。

哦，素年锦语，一个叫人心暖的名字，一个叫人心潮澎湃的名字，让迷茫走远，让懈怠走远，让爱牵起你的左手，让智慧牵起你的右手，愿你生花的妙笔，写出无数的锦绣文章，岁岁年年，幸福荡漾。

老师，我相信石头会开花

因为先天的智障，方言曾被许多学校拒收，直到她12岁那年，遇到了热心的赵老师，才成为那所乡村小学一年级的学生。

方言在班级里年龄最大，学习成绩却最差，许多很简单的问题，她都不明白，有的学生背地里叫她傻瓜，让自卑的她听了更难过了。

一次，赵老师在课堂上领着学生们做造句比赛，看谁造的句子精彩。同学们的兴趣盎然，一个个不甘落后地晃动着聪明的小脑袋，造出了许多漂亮的句子，赵老师兴奋得不住地点头赞许着。

忽然，老师微笑的目光停在了一直沉默的方言脸上，热情地鼓励道："下面请方言同学给大家用'相信'造一个句子，好吗？"

方言站起来，吭吭哧哧了好半天，终于小声地说出一个句子——我相信石头会开花。

她的话音还没落地，同学们便立刻笑成一团。这时，赵老师将一根手指竖到嘴边，示意大家安静。然后，他走到方言跟前，亲切地抚摸着她的脑袋，大声宣布："方言造的句子最好！"

同学们马上不服气地跟赵老师争论起来，他们七嘴八舌地辩解——不管什么花，都只能开在泥里、水中、树上等等，只有方言那样的傻瓜，才会相信石头开花的。

"可是，我也相信石头会开花。"老师慈爱的目光里透着坚定。

"老师，您也相信？"同学们困惑地望着他们一向敬佩的老师。

"是的，事实会让你们也相信方言说的没错。"赵老师走到黑板前，用红色粉笔认真地写下了方言的造句。

一个月后，赵老师把一块满是窟窿眼儿的石头拿进课堂。同学们全都惊讶地张大了嘴巴——原来，那石头上面竟真的开着一朵同学们熟悉的小花，鲜艳得和窗台花盆中的一模一样。

"同学们，方言说对了吧？记住——石头也会开花的。"随着赵老师的目光，教室里响起了真诚而热烈的掌声，久久不息。方言也开心地笑了，笑得花朵一样灿烂。

此后，尽管方言的学习成绩依旧不好，但再没有谁说她傻了，她跟同学们愉快地度过天真烂漫的小学时光。后来，方言成了一位很有名气的童话作家，创作了许多漂亮的故事，感动过千千万万的读者。

"没想到，我随意说出的一句话，赵老师竟然深信不疑，还千里迢迢地托朋友弄来那块火山岩，让我和同学们坚信——只要努力，没有什么是不可能的……"多年以后，谈及往事，方言依旧感慨万千。

是的，相信石头会开花，就是相信奇迹会发生。慧心的赵老师深深懂得——给每一颗幼小的心灵送上一份热情的鼓励，或许因此会挖掘出许多蕴藏的潜能，会照亮一个个精彩的人生……

第四辑

爱的沉浸：滋润心灵的甘霖

沉浸，是一种痴迷的投入。因为深爱，所以沉浸。有时，静静地沉浸在一片善美之中，会聆听到生命开花的声音，会感受到生活隽永的诗意。

美给自己看

朋友带我一路翻山越岭,前往深山密林间,去寻找那位养蜂人,只为给远方的亲人买到最为纯正的蜂蜜。

路上,朋友告诉我,那位养蜂人很能干,也很能吃苦,每年他都要带着蜂箱,去很远的山林里,找到蜜源最丰富、最安全的地方,一个人驻扎下来,长时间地忍耐着孤独,直到收获了让人啧啧赞叹的蜂蜜,才会欣然地回到山下的小村,和家人幸福地团聚。

养蜂人的妻子身体一直不大好,他赚的钱,很多都换成了妻子的药费,他对妻子的种种好,熟悉他的人没有不翘大拇指的。前年,他的妻子病逝了,原本就有些不大爱说话的他,一下子变得更沉默了,人也苍老了许多。他有一个女儿,在南京读大学,听说学习挺好的。只有提起女儿,他的话语才会多一些,语气里也多了自豪。

在转过一个山窝窝时,一条清凌凌的小河,突然出现在面前。河水清澈见底,河中有巨大的白岩石和光滑的鹅卵石,石缝间有小鱼欢快地游着，我俯下身来，掬一捧河水送入口中，一股惬意的清凉直抵肺腑。真爽，我不由得又喝了几口。

蓦然抬头，前面不远处，一个穿红格衫的女孩，正蹲在河边的那块青石板上，蘸着河水，轻轻地揉洗着长长的秀发。绵软如絮的阳光，轻吻着白嫩的臂膊。她没有使用洗发香波，也没有用香皂，只选了从山中采来的天然皂角。那垂向河水的如瀑的黑发，与她柔曲的腰肢，以及身后那青翠的山林，构成了一幅天然的美图。

女孩直起身来，拿出一把木梳，以河水为镜，一下、一下，爱恋有加地兀自梳理着湿漉漉的秀发，像一只极为爱惜自己羽毛的孔雀。

真是一个爱美的女孩。我轻轻地赞叹道。她是美给自己看的，朋友一语轻松道。

是的，她一定是居住在幽深林间的某一个小屋，很少有人能够看到她的美，但那又何妨？她可以美给自己看啊。

继续往前走，眼前猛地冒出一大片开得正艳的芍药花，我和朋友都惊喜地喊叫起来，我们跑过去，欣喜地用手抚摸着，贪婪地嗅着花香，还拿出手机，不停地拍照，恨不得把那令人惊颤的美，全都收录下来。

可惜了，藏在这样的深山老林了，很少有人能够看到它们的美丽。朋友有些惋惜道。

它们是美丽给自己看啊！我立刻联想到了刚才在河边洗发的那个女孩，想起了朋友的话。

对，它们的美丽是给自己看的。我和朋友恋恋不舍地走开了。

终于见到了那位养蜂人，他穿一件很干净的深色衬衫，头发整齐，胡须剃得干干净净。真是一个利索人，与我想象中的蓬头垢面、胡子拉碴的形象，实在是相去甚远。

距离那一大排蜂箱 200 多米远，有他搭的帐篷，还有用枯树搭建的凉棚。他从凉棚底下，搬出一罐罐封好的蜂蜜，一一地介绍给我们，热情地让我逐一品尝，果然都是上好的蜂蜜，他的要价也不高，比我预想的还要低一些。我有些眼花缭乱地选了好几种，多得朋友直笑我贪婪了，要背不动的。养蜂人送我一个大塑料桶，告诉我回去后马上把蜂蜜倒出来，换装成小罐，还叮嘱了我许多保存蜂蜜要注意的事项。

　　愉快的交流中，我发现，他的居所四周都做了精心的美化，碎石块砌成的排水沟，藏在幽密处的厕所，帐篷前居然还移栽了两大排野花，有幽兰、芍药、矢车菊、如意兰、扫帚梅，还有一些是我叫不出名字的，他的凉棚上缠绕的，则是一簇簇牵牛花和紫藤花。

　　我不禁赞叹他是一个热爱生活的人，独自在这来人稀少的地方，还把一切都安排得那样井井有条，那样让人看着舒畅。

　　他不好意思地笑笑，告诉我们：已经习惯了，一个养蜂人，走到哪里都是家，是家就要装扮得漂亮一些，没有人来看，就给自己看。

　　是美给自己看。我和朋友相视一笑，不约而同地总结道。

　　就算是吧，干净一些，利索一些，漂亮一些，自己看着心里也舒坦。养蜂人说着，把一个自己用桦树皮编织的精致的小花篮送给我，我道了谢，想起了朋友说过他喜欢看书，从背兜里掏出特意带来的自己写的书。看到我在书上签了名，他满脸自豪道，以后再有人来这里买蜂蜜，我就拿给他们看，告诉他们说，我有一个省城的作家朋友，也喜欢我的蜂蜜。

　　我笑着对他说，您的蜂蜜不用我的书打广告，看到您周围这一片美景，就能想象得到。

　　此行不虚，不仅买到了上好的蜂蜜，还有了惊喜的发现和由衷的感喟——无论身处何地，无论日子是否顺意，都应该像那些恣意

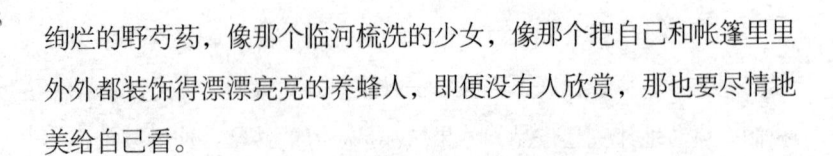

绚烂的野芍药,像那个临河梳洗的少女,像那个把自己和帐篷里里外外都装饰得漂漂亮亮的养蜂人,即便没有人欣赏,那也要尽情地美给自己看。

凝望生命的绿草地

站在故乡低缓的山坡，那一片葱茏的绿色，再次摄住我的心魄。

那些肆意生长的青草编织出如锦的地毯，上面缀着些许无名的小花，红的、黄的、蓝的、白的……星星一样眨着调皮的眼睛，像是在向我讲述着有关岁月不老的往事。

在我童年永不褪色的记忆里，那片向远方浩浩荡荡伸展的绿色汪洋，最适合描述的词语应该是"广袤"或者"一望无际"。而现在，那四周散布的杂乱的采石场，已将草地逼仄成了那样小小的一方。

忍不住俯下身去，我已沟壑纵横的手掌，再次轻轻地抚过那些柔柔的小草，绵绵的记忆便悠悠地飘然而来。翩翩年少的我，曾经整日地奔跑于那片长满快乐的绿草地上，采花、逐蝶、听鸟鸣、编草帽、挖野菜……累了，便躺在那松软如毡的草海里，仰望蓝天飘动的白云，嗅着泥土的馨香，一任阳光活泼泼地撒满周身，一任玫瑰色的梦幻在微风里轻轻地摇荡。

草地是温柔的，那么多年的异乡漂泊后，我只需在草地上慢慢地坐一会儿，就能抖落满身漂泊的疲惫。就像面对一位久已音讯断隔的老朋友，我们只需那样静静地对坐着，就仍能够从彼此不再年轻的眼睛里，读到时光不曾更改的那份情意。即使无言，相信那份洗却铅尘的真真的情愫，也会像那株蓝色的打碗花，自自然然地绽开。

草地是幸福的，年年岁岁，它总会放飞无数缤纷的憧憬，总会收获无数的悲欢离合。每一株小草、每一朵小花，都见证着世事沧桑。

草地是坚忍的，经历了那么多风吹雨打，那么多的犁耕火烧，很多的草根被掘出了，很多的生命已湮灭了，它依然无怨地守护着那个山坡，依然张扬着绿色的主旋律。

草地是诗歌的，在枯黄的季节里，有期盼的种子在悄悄地萌动，在葳蕤的日子里，有沉思的花朵在倾诉着生命的感悟。春风秋雨吹不散的韵脚，寒霜暴雪也压不乱的节奏，是云卷云舒的淡定和从容。

草地是散文的，随便的一缕风，随意的一声鸟鸣，甚至一只迅疾跑过的田鼠，都会为我打开跳跃的灵感，都会让我禁不住身心清爽地放飞思绪，沿着一个青翠的主题，法而无法地恣意铺展满怀的情思。

而我最愿意做的一件事，还是默默地坐在那里，凝望那块绿草地。

我知道，生命中总有一些东西是永远无法割舍的，一个人无论走多远、走多久，他心灵的深处总有一方深情凝注的天地如影相随，总有一份特别的温润会在不经意间不约而至，瞬间便会引领蓬勃的思绪跨越人世的万水千山，便会沟通了古往今来。

凝望那块草地，我看到了大地的宽厚与慈爱。给每一粒种子以希望，给每一条根须以滋润，无论岁月馈赠的是贫瘠还是肥沃，干旱还是洪涝，很多似乎坚硬如岩的注定都是完全可以打破的，就像那些从来不肯低头的草，什么样的风霜雪雨都没法打败生长的信念，就像我们生活中那些屡遭磨难的人们，他们的骨子里拒绝靠近"倒下"、"退缩"、"沉沦"这类的东西。

凝望那块草地，我听见了岁月徐徐吹送的感慨：谁能够真正地了解一株小草的心事呢？谁又能够真正地参透大地那些无声的箴言呢？谁没有过青春葱茏的时光呢？谁没有梦想夭折的泪水呢？谁没有目睹过生命无奈的凋零呢？是见识过太多太多的衰与荣的草地，在不动声色地告诉我："只要是在行走着，就有光荣和梦想，就有遗憾和失落，就有欢欣和苦痛……我们的幸福，不在于我们已拥有了什么，而在于我们可以选择应该拥有什么。"

人生一世，草木一秋。古老的农谚里面包容着沉甸甸的智慧，寄寓着浓浓的情感。每个人都不过是一株简单而卑微的小草，一株会思考的小草，但汇聚起来就是一片博大而深邃的草海，就是一片历经生命辉煌与暗淡的思想汪洋。身在其中，我们每一个人都应当以感恩的心情，仰望头顶的天空，拥紧足下的大地，不卑不亢地绽露生命青翠的本色。

第四辑　爱的沉浸：滋润心灵的甘霖

散落在岁月深处的花瓣

花盆中的草

朋友赠我几粒花籽,撒入花盆,精心浇灌数日,方见一星绿芽钻出。正喜之,未过几天,那绿芽茁壮成长起来,细端详,原来竟是一株极平常的野草。

遗憾之余,再凝视那一抹健康的绿色,心中陡生一份怜爱之意,便想这翩然绿叶曾经历了怎样的坎坷啊,那一枚随风而落的种子,可能还没将家选好,便随泥土迁入我的花盆。但有一点是肯定的,那就是生长的愿望始终未泯,一遇滋润,便破土而出,且坦然,且鲜嫩,且无所畏惧。

与周遭那一盆盆争奇斗艳的花卉迥异,这一株绿草,风格独特,恰如一清贫女子,卓然而立于滚滚红尘之中,以不俗、不卑、不亢,读响一份生命热烈的宣言。

这一株深入我日常生活的小草,她柔柔的身骨,自有一份别样的刚强;她端庄的举止,自有一份大家的风度;她内蕴的心田,自有一份魅力十足的秘密。

哦,这正是我久违的朋友,在与她深情的对视中,我蓦然发现:那曾浸润心灵的沧桑感觉正一点点地退去,一股生命蓬勃的冲动,宛若重返青春年少的热望愈演愈烈。

像一首小诗,立在我辛勤的案头,清爽我眸,清爽我心。

像一枚书签,夹在岁月之卷的中央,悄然散着淡淡的芬芳。

说不出的美,在不经意的举首时,也能感觉得到,触摸得到。

没有如愿收获一盆鲜花,却意外地获得一株情思绵绵的绿草,真要感谢生活的神奇与美妙啊。

仰望晴空

仰望晴空,其实是放牧心灵的一种最好的方式,简单易行。

随时随地,不拘于场地、时间,不需任何辅助设备,不需任何的投资,户外随便的一方立足之地,就可完成目光之翱翔,身心之清爽,思绪之飘游……那一份美丽啊,简直无以言表。

仰望晴空,首先是极目楚天舒,单是那一片无垠的广袤、那深邃的蔚蓝,便足以引胸襟大开,宠辱皆忘。若是登高临风,念天地悠悠,豪情顿涌,无酒亦有三分醉了。且看云卷云舒、霞飞霞展、苍鹰盘桓,几多自由,几多潇洒,全没了琐屑之气,全没了繁文缛节……

仰望晴空,心中倏然涤过清爽的和风,工作的疲惫、生活的烦恼、人事的纠葛,瞬间皆逝。唯有蓝天白云,结构着一首大气十足的诗歌长卷，唯有融入野地的苍茫，笼罩着双肩。

一片白云，拨动目光痴痴，拨动遐想悠悠。

一对归雁，唤起乡音串串，唤起思恋绵绵。

仰望晴空，独自一人或与友人相聚时分，在阳台上或在公园的草坪上，伫立或头枕大地，以舒展的情怀，以惬意的姿态，拥紧晴空，拥紧渴慕已久的那片辽阔……无需吟咏，磅礴的诗篇正震撼心灵。

情书翻晒

大学毕业时，我唯一的行囊里，装着一打情书；从那个林区小镇迁入城市，我最重要的财产，还是那一大包情书。在那些孤独的日子，那些欢欣的日子，那些简单得无法形容的日子里，是情书，温暖着我，滋润着我，让我握住生活的枝条，说我不会低头。

是的，当昔日的恋人连同那些美好的情节一起走远的时候，能够挽住记忆的恐怕只有那一封封情书了，它们或长、或短、或朦胧、或坦率、或甜蜜、或忧郁……像一枚枚光洁的石子，在岁月的长河中，砥砺着我细腻的情感，引领着我向上的目光，穿越时空，抵达某个期望的终点。

在通讯业异常发达的今天，移动电话、传真、互联网络等高科技、现代化通联手段，在提供着快捷方便的服务，再加上越来越简单实用的爱情观念日益深入人心，昔日魅力无限的情书正被更多的年轻人渐渐淡忘。由此，我更感到保留那些情书的必要，时时地翻阅，会有一种朴素的情感、一种珍视的愿望，轻扣心扉，挥之不去。

翻晒情书，在一个人的时候，坐在向阳的窗口，随意地拣起一封，沿着那薄薄的信笺，一缕温馨便缓缓地升起，思绪由此上溯，至某个缱绻的时刻，至某种自由无边的意境。我且独享那份美丽好了。

情书翻晒，与其说是怀恋一段往事，不如说是重温一份柔情，铭记一缕深情，提升一节生命……

阳光中滚动的玻璃弹子

还在早春三月，楼前的院子里，几个少年玩着弹子，你追我喊着，欣欣然，自由然。禁不住驻足观看，且随之认真，随之欢喜，随之遗憾，仿佛又走回久违的少儿时代。

实在忍不住了，借了一个花瓣的玻璃弹子，加入了少年们的游戏行列。还是旧时的心情，还是旧时的动作，却没有了旧时的水平，不是弹不准目标，便是弹到了不该弹到的地方，去寻了"自杀"。面对少年们善意的笑声，也跟着嘿嘿几声。嘴上说着不跟他们争输赢，却没忘了一再声明自己儿时玩弹子的技艺多么的高超，简直是战无不胜。少年时的争强好胜，至今是丝毫未减。

阳光很好，温柔地抚摸着脊背，几缕轻风拂面而来。啪啪啪，一枚枚玻璃弹子，在欢快地追逐着，撞击着。而立之年的我，扔了那些平日里莫名的烦恼，撇了那些毫无必要的顾虑，索性撸胳膊、挽袖子，跟少年们忘我地大战无数回合。

汗涔涔，心融融，阳光中飞奔的玻璃弹子，滑着美丽的轨迹，串起童真，串起岁月无法湮没的热情。在弹子自由、快乐地撞击声中，真实的我浑然去雕饰。

怦然一动

一封旧信，一桢发黄的相片，一本失而复得的书，一支熟稔的歌谣，甚至一个眼神、一袭背影、一语问候，都会扣动心弦，令心之竖琴怦然一动。

怦然一动，是生命鲜活的标识。

怦然一动，在春风微熏的午后，在星辰闪烁的深夜，在一把藤椅悠然的摇晃中，在手执一卷惬意地品茗时，倏然滑过心扉的那一份激动，那一抹欣喜，那一缕感悟，甚至只一股莫名的冲动，都会让思绪由此绵绵不已，真诚又缱绻。

怦然一动，在人头攒动的喧嚣闹市中，在小径通幽的山间草屋，在眼睛与眼睛的对接时，在双手与双手的梦里相握时分，在心灵与心灵的开始撞击之前，或长、或短、或朦胧、或简洁、或含蓄、或炽烈……那一束火花，自然得随便，美丽得耀眼，执著得可爱。

怦然一动，让世界变得阔大起来、生动起来，让简单的生活变得多彩起来、摇曳起来，让平淡的日子多了一些颇耐咀嚼的滋味，让人生多了一些流动的风景，多了一些妙不可言的神来之笔。

那陪伴一生的心灵的颤动啊，是上帝恩赐的风铃，是诗歌必经的玫瑰之门。

深情，是一缕和煦的阳光

所有的庄稼都收割完了，从春到秋一直在田间忙碌的父亲，终于可以呆在家里休息一下了。

可在那个深秋的午后，父亲招呼我跟着他到田野里看看。我不解地问，有什么好看的？父亲没有回答，只顾一个人在前面大步地走，像赶什么约会似地，我只好跟在后面。

走到自家的责任田头，望一眼空荡荡的田野，我便不想再看第二眼，可父亲却显得兴致勃勃，站在那儿，深情地四下瞭望着。有时，目光一动不动地盯着某处，似乎看到了什么奇景。

等走上豆茬尚未翻过的田埂，父亲干脆坐了下来，伸手抓起一把干巴巴的泥土，放在嘴边，深情地端详着，鼻翼歙动着，似乎已嗅到了一缕难得的芳香。他的那份虔诚、那份认真，让我好奇中平添了些许敬意。

这时，父亲说话了："你看，这泥土真是好东西啊，今年这么旱，收成还这么好……"说着，父亲用手掌轻轻捻动浸满了数辈人的希望与汗水的泥土，像摆弄着一件珍贵无比的礼品。霎时，我发觉，他的眼里正流露着点点晶莹，我不由得也将目光转向那熟悉的田野……

深秋的阳光没遮拦地照在我和父亲的身上，暖洋洋的。陪着父亲久久地坐在田埂上，我默默地一遍遍咀嚼着那个叫"深情"的词汇，一缕和煦的阳光，倏然滑入心灵……

用什么改变智商

　　林彤期末考试又是全班倒数第三,老师说他已经很用功了,成绩不好是智力的原因。同学们都说他是受弱智的母亲遗传,先天的智商低下,再怎么努力也起不了多大的作用。

　　林彤闷闷不乐地问父亲:"我是不是天生就这么笨?真的没办法改变了?"

　　"别听他们瞎说,你并不比别人笨,只是现在学习还没有上路而已。"当司机的父亲故作轻松地劝慰道。

　　"那你领我去测测智商吧,看看我到底是不是像大家说的那样。"林彤认为那是父亲的一个善意的谎言,是怕他难过才那么说的。

　　父亲趁着休息日,一个人先悄悄地来到智商检测中心,向那位医生求情,让医生按他的要求先填写好一份检测报告。起初,医生任他怎么求情,也坚决不肯作假。他情急之中猛地跪在医生面前,哽咽着讲述了儿子的情况和一个父亲的内心期望。

望着他刚过而立之年便一脸的沧桑，医生的心弦被拨动了，默默地拿起笔，第一次认真地填写了一份虚假的检测报告。

下午，林彤跟着父亲来到检测中心，那位医生按照检测规程对他仔细地进行了逐项检测，然而递给他那份事先填写好的检测报告，告诉他："你的智商中等，属于正常；你的情商不错，有认真、勤奋、执著等好的品质，将来会有作为的……"

"真的吗？"望着检测报告，林彤仍有些怀疑。

"真的！你看这些数据，都是有一定科学依据的，发挥好你的情商，过几年再来检测你的智商，还可能变成中等偏上呢。"从父亲那闪动晶莹的眼里，医生陡然感觉到自己沉重的谎言竟然那样神圣。

"太好了，我的智商没有问题。"林彤兴奋地抱紧了父亲。

"是的，孩子，你的智商根本就没有问题，而且，你还有情商优势，你可一定要发挥好啊！"父亲慈爱地抚摸着儿子的脑袋。

"我一定加倍努力，我会不断地进步，一天比一天做得更好。"受了鼓励的林彤自信地攥紧了小拳头。

后来，整天一脸阳光的林彤，开始自信地编织自己绚丽的青春梦幻，在老师和同学们的惊讶和赞赏中，一天天地进步起来，直到考上了北京的一所大学。

那天，父亲再次来到检测中心，特别地感谢当年帮儿子健康成长的那位好心的医生。已双鬓斑白的医生亦是百感交集："我还要谢谢你呢，就在你突然跪地那一刻，我骤然懂得了——世间有一份真爱，是完全可以改变智商的……"

眼前就有好风景

夏日的午后，微风习习。84岁的祖父，在院子里的那棵老榆树下，悠然地看着一群蚂蚁在搬运食物。他依然耳聪目明，手脚也很灵活。看着那些忙碌的蚂蚁，他的嘴角浮起了孩童般的笑意，像是观赏了一场精彩的演出，他惬意地点点头。许多人不曾留意的那些小生灵，兴奋地摆动的触角，似乎碰到了他的某一个细小的神经，他不禁嘿嘿地独自笑出了声，父亲告诉我，祖父肯定是又看见了有趣的东西。

祖父一辈子没走出过那个小山村。记得十年前，从欧洲旅游回来，我一边给他看我一路拍摄的那些旅游照片，一边向他描述外面的精彩世界。他像一个小学生似的，静静地听我介绍，不时地问我几个相关的问题。我看到了他眼睛里闪动的向往，就对他说，等我赚了钱，就领他去外面的世界去看风景。

他听了直摇头："我可不去，我身边的风景还没看完呢。"

我以为他心疼钱，便告诉他花不了多少钱的，我可以给他提供路费。

祖父依然固执道："不去，眼前就有好风景，没必要舍近求远。"

我不以为然地说："这么一个小山村，您都呆了快一辈子了，哪里还有值得您欣赏的风景呢？"

祖父却无限陶醉地用手一指："看看门前的那座小山，上面有多少棵树，有多少条小路，有多少花草、鸟兽，每一处都是独特的景致，让你看都看不过来；还有这村子四周的田地，每一年都春夏秋冬地变换着不同的景象，也让你看不过来；就是坐在院子里，瞧瞧那些鸡鸭鹅狗，瞅瞅那些菜园和花圃，听听头顶的鸟鸣，哪一天都少不了有趣的风景啊。"

我哑然，很敬佩祖父的慧眼独具，他能够从身边最寻常的点点滴滴中，敏锐地发现那么多赏心悦目的风景。

而我们，常常是身在风景中，却浑然不觉。

认识一位农民作家，他思维敏捷，情感细腻，写一手好文章，在文坛内外都颇有影响。奇怪的是，他居然几乎从不外出采风，更不会找时间专门出去旅游。其实，他有很多的机会可以调到省城去当专业作家，去享受现代都市生活。可他至今仍居住在乡村，仍在照料着几亩土地，像村里的其他农民一样，精心地春种、夏耕、秋收、冬藏，只在晚上和农闲时节，他才埋头于书堆和稿纸间，孜孜不倦地生产精神食粮。

问他为什么一直守着那块土地，不到外面走走，开开眼界。

他笑了："眼前就是一个精彩纷呈的世界，并且在不断变化着，足够我欣赏和咀嚼了，用不着劳心劳力地到外面走马观花地转悠。"

我仍有些不解："可是，眼前的景象都熟悉了，怎能激发起写作的兴趣？"

他目光深邃地望着天空："就像那些每时每刻都在变幻的白云，身边的人、事、物、景，也都在不断地变化着。细细打量，就会发现简单里面藏着的深刻，就能看到寻常中隐秘的奇崛。好风景不仅要用眼睛看，还要用耳朵听，用手触摸，更要用心灵去感受。怀揣一颗热爱的心，随时随地都能看到好风景。"

我恍然大悟，原来要遇见好景致，最重要的是拥有一颗爱意充盈的心。

朋友晓红是一个最懂得随遇而安的女子。她在市里的史志编辑室上班，长年累月地与各种资料打交道，不用去看，就知道她那工作该有多么枯燥乏味了，可她每天都乐呵呵地上下班，似乎还很忙碌，有时周末也不休息。她一有空闲，一准会去逛街，独自或者呼朋引伴，挤公交或干脆步行，其实也没什么必买的东西，空手而归也是常有的事，可她一直乐此不疲，年年月月。

我不解地问她："也不买什么东西，天天逛街，不累吗？"

晓红神采飞扬地回答："一点儿也不累，逛街就是在逛风景啊，一路走去，商场里、大街上、公交车站点……随时都能遇到有意思的人和事，随处都能看见新鲜的东西，就像我在单位里整理资料时，总会不经意地就有惊喜的发现，那种感觉实在是太好了。"

"逛街就是在逛风景"，这是我第一次听到的妙论。细细想来，还真有道理。

没错，每个人的眼前都有无数美丽的风景，只有懂得用心去观察，用心去体味，才能领略和感受到其中蕴藏的美，才会由衷地感慨——这世界真奇妙，拥有一颗热爱的心，即使足不出户，也同样可以拥抱世间的许多美景。

滴入心灵的甘霖

好 书

师大毕业,我因读了不少的书籍,便踌躇满志地跟父亲畅谈起自己未来的设想。一向寡言少语的父亲,微笑着听我讲了一通,未置一词评语,只是将我领到村边的一棵伤痕累累的老杨树下,问我:"孩子,读一读上面写的是什么?"

"什么也没有啊?"我绕着老杨树转了两圈。

"这也是一部书啊!"父亲很郑重地说。

"可没有字呀?"我不解地追问。

"孩子,你看它活了36岁啦,和它连体的那棵活了20岁,它生过好几种病,还挨过一次雷击……"父亲很认真地给我讲解着。

"哦,我懂了,父亲,生活中有许多好书,虽然没有文字,却特别地需要我们细心地阅读……"

看到父亲满意的笑容,我的心怦然一动——我又读到了一本好书。

比智商更重要的情商

那是一个老掉牙的智力测验题——树上有十只鸟正在唱歌,有人朝树上放了一枪,还剩下几只鸟?

答案当然不止一个,也正是依此来考察一个人的智力。

当我故伎重演,拿它来考五岁的女儿时,女儿没说出我预料的种种的答案之一,而是仰起头来,不解地问:"小鸟在唱歌,为什么要朝它们开枪呢?"

"这只是一个假设。"我跟她解释道。

"为啥要做这样不好的假设呢?"女儿不依不饶地追问。

"因为……这个……"我一时语塞。

是啊,生活中那么多的"假设"可选,我们为何要选这样一个泯灭爱心的"假设"呢?总是自以为聪明的我辈,为何常犯这样低情商的错误呢?看来,我们急需提高的不是智商,而是重要的情商。

快输白血球啊

朋友得了急症,白血球急剧减少。

朋友的父亲从乡下匆匆赶来。我在火车站前告诉他,朋友正在输液急救。他一听急了:"他白血球减少,那得赶紧输白血球啊,我的肯定跟他的一样,快跟大夫说输我的。"

此语一出，我先是愕然，继而心头一热，不由脱口而出："是的，应该给他输白血球。"

待我领着朋友的父亲赶到医院，朋友已逝。朋友的父亲扼腕痛哭："儿啊，你咋不早告诉爹呢，爹有你要的白血球啊……"

睹此情景者，莫不落泪，但没有人向朋友的父亲说明，白血球是不能像输液那样输给病人的，但从朋友父亲的遗憾中，我们知道了有一种比血还浓的爱，永远是畅通无阻的。

奇迹是这样诞生的

一天，我跟几个同学正热烈地争论着怎样才能获得一大笔财富。老师走过来，给我们讲了下面这个小故事——

有一位妇女，特别喜欢她养的一头猪，每次喂完它以后，都要将它抱起来，欣赏一会儿。从小猪十多斤起，到小猪一天天地长大，她始终坚持每天都抱一下，从未间断过。直到小猪长到200多斤时，她还能轻松地像抱一个娃娃似的，将它抱起来……

惊讶之余，大家都明白了一个再简单不过的道理：奇迹的诞生，除了可贵的坚持，还要注意循序渐进，一口吃个胖子的事是未有过的。

书香满屋

在那个阳光灿烂得有些灼人的午后,喜欢逛旧书摊的阿元,引我结识了摆旧书摊的秦学。他瘦高的个子,鼻梁上架一副黑框眼镜,文静、平和、不善言谈,典型的一介书生模样。其实,在见到他之前,阿元已跟我讲述了他的一些传奇经历,包括他只读了六年书,便因为家境贫寒被迫辍学,但他20岁便有小说在《人民文学》上发表,他的散文还被选作省中考语文试卷的阅读材料。

他的书摊是那个旧书市场最大的一个,铺地的塑料绵延近百米,上千册图书整齐地排列开来,蔚为壮观。我和阿元去时,正是顾客寥落时分,不远处树荫里几个摊主扑克甩得正响,他坐在一个网绳编织的简易折叠椅上,手捧一本包了封皮的旧书,边读边照看他的生意。

看来他生意并不是很好啊,我心里嘀咕着。可秦学似乎并不在意,他微笑着递给阿元要找的一本民国时期出版的《良友》杂志,封面上的美女是影星胡蝶，穿过重重的历史烟尘，她依然妩媚地笑着。阿元兴奋地道谢，不无骄傲地告诉我，以后需要找什么书，只管告诉秦学，他肯定能想办法找到。秦学却一脸认真地说："那倒不一定，得碰，得看你是否有书缘。"

秦学的话让我想起一位名家说过的一段话：无论是读书人，还是藏书人，都是缘分使然，与书相遇、相知，都有些机缘巧合的意味。

我问他怎么选择了与旧书打交道，他轻描淡写道："是命中注定，也是阴差阳错，但不管怎么样，我还是很喜欢这个选择。"

我知道，以他的聪慧和勤勉，原本可以像很多同龄人那样一路顺风顺水地读书、考学、就业……但为生活所迫，他早早地离开了校园，在品尝了卖水果、送外卖、端盘子、做力工等多个工种的苦辣酸甜后，他才闯进了眼前这个行当。虽说他刚刚做了两年多，尚未有可观的收入，却凭借独到的眼光和超人的勤奋，赢得了同行们的赞赏，并拥有了不少宝贵的藏书和心灵相通的书友。

就着他手中的那本《西方生命美学》，我们三人聊起了有关美学方面的问题，令我惊讶的是，刚才说话节俭得近乎木讷的他，一谈起西方美学家们的著述和自己的见解，竟滔滔不绝起来，其思路之敏捷，语言之流畅，令我这个从事美学研究和教学的大学老师也自愧弗如。

我敬佩地说他可以到大学里当老师了，他谦虚自己所言不过是"一些拙见"，却忍不住依旧娓娓谈论他的读书体会。他阳光中的那份可爱的沉浸，真叫人感动。

接下来，我们又聊起了写作，聊起不久前被《读者》转载的他的一篇美文，一个个话题被打开，一个个观念在碰撞，我们竟有了遇到知音的欣悦。不知不觉间，天色已晚，他该收摊了。阿元意犹未尽地提议，去参观一下他的藏书。

于是，我们被公交车颠簸了近一个小时，来到了市郊的一栋老旧的平房前，秦学一再强调他现在租住的是地地道道的"寒舍"。我和阿元一走进他的两间小屋，眼睛立刻大了，嘴巴也张大了，因为我们看到屋子里，除了几件必需的旧家具，地上地下、床头、案头、窗台，到处都堆满了书，简易的书架也没有，一排排书便直接摆在地上，得小心翼翼地转身，才免得碰倒高高的书摞。那盏老式的台灯旁的一幅字，给了他的小屋简洁而准确的概括：一地书香。

我恍然明白了，为何秦学一谈起读书便会口若悬河了，也知晓了他能够写出锦绣文章的秘密了。坐拥一地书香，是怎样的一份幸福的浸润啊？

远离了功名利禄的诱惑，屏蔽了嘈杂与纷扰，一任思绪沿着那些文字，自由地游走于古往今来，天下风光尽收眼底，无限情思自然飘逸，此中之快乐，真的是"欲辨已忘言"了。

后来，一想起秦学的旧书摊，想起他市郊那一地书香的小屋，我便陡然心清气爽起来，平素有些放不下的东西，有些耿耿于怀的事情，立刻变轻了许多。原来，书香是有着神奇力量的，远远地，久久地，传送过来，依然那样真切而美好。

有了方向，就会找到路

在那个周末的朋友聚会上，我认识了刚刚周游世界归来的肖米粒，她25岁，一身的朴素，一脸灿烂的微笑，透着青春自信与洒脱。听她绘声绘色地讲述她在旅途中的种种神奇经历，在座的每个人在唏嘘不已的赞叹的同时，眼睛里都写满了羡慕。

肖米粒家境并不富裕，甚至可以算得上是"清贫一族"了，她也没有考上大学，她懂得的那一点可怜的外语，几乎连简单的交际都应付不了，但这并没有拦住她一次次将远征的双足踏上前行的旅程，让欣赏的目光触摸世界100多个国家的美丽的风景。

她告诉我们，第一次去南非，她买完飞机票，兜里只剩下50元钱了，可是，她还是毅然地越洋跨海地飞到了那个梦想的国度。她说自己在初中时，曾读过一篇名为《到路上去准备》的小文，懂得了——选好了目标，就应当赶紧上路，至于路途中可能遇到的种种困难，到路上再去想办法解决好了。她常常兜里只揣着少许的一点儿钱，拿上一张旅游图就快乐地上路了。

虽然她一路上经常拮据得甚至吃住无着，但这并没有一次能够难倒她的。那年，刚到开罗，她就花光了所有的钱，饿了一天的肚子，第二天，靠教当地两个小孩几句简单的中文，她不仅换来了一顿饱餐，还找到了一份赚取路费的门路。此后，她经常是一路教人中文，一路寻找最便宜的旅店和吃饭的地方，悠悠然地在埃及潇洒地玩了三个多月。在阿联酋，也是在花完最后的两元钱时，她欣喜地接了一份拍摄户外广告的活儿，虽说那活儿很辛苦，给的报酬也不多，但她还是欣然地接受了。因为那不仅解决了她一周的吃住问题，还可以让她免费看到许多难得的风景。

当然，旅游路上惊险的遭遇也有许多。那年冬天，在横穿亚马逊河流域的原始森林时，她的左腿被一种奇异的昆虫叮咬了，只两天的工夫，腿就肿胀得举步维艰了，幸好当地一位好心的土著老人为她敷了一种神奇的草药，才幸运地保住了她的一条腿。还有一次更可怕，她乘坐的旅行车在前往尼亚加拉大瀑布的盘山公路上，突遇大雨，旅游车在转一个陡弯儿时，车子猛地翻倒在路基下面，幸亏一棵百年老树卡住了车身。要不然，和她同行的一车游客怕都要随车坠入路边那百丈深崖了。

在讲述这样的让我们听起来都有些后怕的遭遇时，她依然谈笑风生，似乎那些都是文学作品中描述的刺激的事情，她轻松得跟局外人似的，一脸的云淡风轻般的自然与从容。

谈到我们许多人畏难的语言沟通问题，她感受颇深地说——其实，一个人出门在外，只要拥有微笑就足够了。在很多时候，带上一脸真诚的微笑，就是带上了一份特别的通行证，会很容易地与不同国度的、各种肤色的人交流起来的。她至今仍只有靠着夹杂大量手势才能与人交流的有限的一点外语，却并未妨碍她结交了许多心灵相契的外国朋友，走到哪里她都没感到过孤独与寂寞。如同在我们居住的这个小城里自由地穿梭一样，胆大的肖米粒像天生浪漫的三毛一样，背着简单的行囊，一个人潇潇洒洒地游历了世界五大洲的100多个国家，至今仍没有停下脚步的打算。那天，她随口说了一句很有诗意的话——也许我的生命就在路上。

当我们惊讶于年纪轻轻的她漫游世界竟像在大街上散步一样轻松时，她莞尔一笑："我确实没有多少钱，脑袋里装的知识也很少，但我知道自己下一步的方向在哪里。"

肖米粒的这句话，让我的心猛地一颤：是啊，很多时候，我们总以为自己之所以没有取得成功，是由于自己没有找到合适的道路，却极少去扪心自问——自己的方向在哪里？要知道，一个明晰了自己前行的方向的人，自然会想方设法找到前进的道路。因为坚定的方向的指引和召唤，会集聚起追寻者内心巨大的勇气和力量，会将无数的艰难坎坷踩在跋涉的脚下。

由此，我想起一位已至暮年仍不懈登攀的著名探险家在回答记者充满困惑的提问时所赠与的豪迈誓言——因为山那里。没错，因为耸立在远方的峰峦那不可抗拒的召唤，才让攀援者忘却了所有的艰难险阻，执著地去寻找登顶的路径，并由此诞生了一个个令世人赞叹的奇迹。

纵观古今中外那些成功人士的人生经历，我们会惊讶地发现：他们无一不是对自己心中选定的方向充满了自信，并将大量的心血和汗水播撒在追寻梦想的旅途上，踏出了一条条各具特色的成功之路。

如是，渴望成功的朋友，请记住丘吉尔的名言——我没有路，但我知道方向。

我收到的最大一笔稿费

16岁,我要去东北平原上一个偏远的小镇读高中。临行前,我把自己最大的财产——三本小说,塞进了简单的行囊,开始了艰难的求学之路。

那时,我的家境极为清贫,我囊中羞涩得常常连饭都吃不饱,自然不敢奢望有零钱买书了。喜欢看文学作品的我,只得向周围同学借阅。记得第一次花了三个晚上如痴如醉地读完那三卷本的《红楼梦》,在那久久挥之不去的激动中,我暗暗发誓——今后一定要当一名作家,写出感动自己也感动别人的作品。

刚读了有限的一点儿作品,我便按捺不住地开始了小说创作。那时,我还没掌握小说的特点,写作技巧也几乎等于零,完全是靠着热情和勤奋来支撑的。

一篇小说写好了,我就读给周围的同学们听,听了几个同学的夸奖,我便欣然地把稿子誊写清楚,给杂志社邮去。因为那时年轻气盛，加之阅读视野有限，我投稿的对象几乎全是名刊，像《收获》《人民文学》《青年文学》这样名家云集的国内一流名刊，我都一次次地寄过幼稚的习作。

很自然地，我那一次次满怀希望的投稿，换回来的却是一次次的泥牛入海，音信杳无。一颗热血沸腾的心，被泼了一瓢瓢的凉水，我不由地心生疑虑，有些动摇地暗自追问自己——是不是我太笨了，天生就不是当作家的料？

就在我气馁时，一封印有"《三月》文学杂志社"字样的信飞到了我的手中。我激动地拆开信封，拿出那统一打印的回复作者的短信。信的大意是——我寄去的稿子收到了，感谢我的投稿，感觉我有一定的写作基础，若能继续勤奋练笔，相信我会写出得以发表的好作品。

那信封背面还印着"编辑部人手少、来稿量大，请作者自留底稿，恕不一一退稿"的提示。稿子虽然没有发表，但当时能收到那样一封退稿信，我也很满足了，更何况那里面还有些许鼓励的话呢。

就是那寥寥的数语，让我的心头又燃起了成功的希望。我又认真写了几篇小说，陆续地寄给了远在云南的《三月》杂志社。

临近高二分文理科班时，我又接到了《三月》杂志社寄来的一封信，一位叫郭莹的编辑在信中告诉我，她已经向主编推荐了我的一篇千字小说，有可能发表，但他们的刊物是双月刊，需要等较长一段时间。

只要能发表，等多长时间我都愿意啊。我把郭莹编辑的这封来信反反复复地看了好多遍。一想到自己写的东西将要变成铅字了，心头就涌起一股无法形容的兴奋。在老师和同学们惊讶不解中，数理化一向很优秀的我，毅然地选择了文科，继续圆我的作家梦。

高考前两个月的一天，我欣喜地收到了郭莹编辑寄来的50元的稿费，在汇款单的附言中，她告诉我——我的小说已在两个月前转发在另一家杂志上了。在同学们赞叹和羡慕的目光中，抚摸着生平接到的第一张稿费单，我激动得简直是"漫卷诗书喜欲狂"了。

刊有我文章的杂志却迟迟没有寄来，我几次写信给郭莹编辑，她说已告诉那家杂志社给我寄样刊了，让我再耐心等等。

我的大学生活已过去一学期了，我已陆续收到了四份登载我作品的样刊，却仍没收到发表我处女作的样刊。就在我随着视野的不断扩大，已开始平静、从容地对待文学创作时，我收到了郭莹编辑寄来的一封来信。她告诉我——通过阅读我连续不断的投稿，她感觉我是一个很有潜力又非常需要给予鼓励的文学青年，她怕我经受不住失败的挫折中途放弃写作，便谎称向有关杂志推荐了我的作品。得知我生活艰难，她便从自己的微薄工资里拿出50元钱，以稿费的名义寄给我，既在生活上帮一帮我，又让我坚定在写作上取得成功的自信。

信中，她还认真地点评了我已发表的几篇作品，肯定了一些成功之处，还指出了其中明显的不足。字里行间，流露出殷殷的关切。

捧读这封特别的来信，我的眼角一阵灼热。遥望远方，我不禁喃喃自语——恩师啊，您的教诲和帮助，学生将一生刻骨铭心。

后来，我把高中时所写的那些简单而幼稚的习作全都封存起来。像郭莹老师在信中所说的那样——我已经逐步成熟起来了，已经能够对那些最初的创作足迹，做出客观的评价。接下来，应该是更加严格地要求自己，争取写出更多、更好的作品。

如今，我已是小有名气的作家，已发表了千余篇的文章，收到了数万元的稿费，我却永远无法忘怀没有变成铅字的那篇作品，无法忘怀那刻骨铭心的50元特殊的稿费。是的，那是我今生收到的最大的一笔稿费，我将一生受用不尽……

让心中时时充盈着爱意

那天,到一所很闭塞、落后的山村小学采访,我在钦佩那位40出头的学校唯一的女教师所取得的感人的业绩之余,更惊讶的是——繁重得令人难以想象的超负荷的工作,连医生都束手无策的顽疾,再加上接二连三的家庭变故,都没有褶皱她的肌肤,没有留下点滴的憔悴的影子,她那红润的、泛着青春光泽的容颜,简直与我们常在电视上看到的广告中的画面,没有什么区别。

我不由得脱口问道:"你有驻颜秘方吧?"

她莞尔一笑:"有啊,就是让心中时时充盈着爱意。"

"让心中时时充盈着爱意",我轻轻地重复了一遍,不由得怦然心动:心存爱意,原来正是我们苦苦寻觅的挽留青春的秘诀啊。

记得在一个落雪的冬日,我在一个末等的小站候车。天黑下来了,因火车误点,本来就稀少的几个等车的人,也陆续地走开了。我百无聊赖地将一本杂志翻烂了,看看表,离车进站还有两个多小时,便把书盖在脸上,躺在座椅上打起瞌睡来。

迷迷糊糊中,我的腿被一根木棍碰了一下。睁开惺忪的眼睛,发现一个衣着破旧的拄着双拐的男人站在面前。我以为碰上了一个不识趣的乞讨者,正要发火,忽见他"阿阿阿"地打着哑语,用手指指我,又指指候车室墙壁上的石英钟。

哦,火车快要进站了。我恍然明白了,原来他是在用那种方式来提醒我,别误了车次。

我心里热乎乎的,朝他感激地点点头。他如释重负地走了,我的目光追了他好远好远。

漫长的旅途中,我的眼前一再浮现那个陌生的残疾人身影,浮现那充溢着温暖的眼神。一时间,胸中温馨袅袅,不绝如缕,不由得拍额庆幸,无意间便遇到了一颗虽身遭不幸、却满腔爱意丝毫未泯的金子般的心灵……

其实,我们每个人都会有这样的感觉——当心存爱意的时候,陌生的会变得亲切,艰难的会变得容易,平淡的会变得神奇,琐屑的也会变得可爱起来……

前天在杂志上看到一位多病的母亲背着自幼患病、从未站起来的儿子求学的故事,当采访她的记者感慨地说她受苦了,这位母亲却十分满意地回答道:"儿子能上学,哪里还有苦啊?"

我相信这位母亲说的是真话,因为被爱意充盈的心灵,永远是快乐的。同样,充盈着爱意的生活,是幸福的、温馨的;充盈着爱意的人生,自然是年轻的、向上的……

让心灵时时充盈着爱意,这是你我都应当记住的箴言啊。

第五辑

爱的执著：老去的是光阴，年轻的是真爱

即使一个十分卑微的小人物身上，也往往蕴藏着令人惊讶的巨大潜能。只要心头的信念始终燃烧着，怀抱着满腔的爱意，执著于自己认准的事情，一步一个踏实的脚印，坚持不懈地攀援，相信每一座高峰都被踩在脚下的。

最幸福的理发师

在寸土寸金的繁华商业街角，有一个毫不起眼的小小理发店，店内只有一位白发如雪的老理发师，带着一个勤快的年轻助手，老理发师名叫黄文昌，已经85岁了，依然精神矍铄，耳不聋、眼不花，理起发来，那一招一式，还是那么手法娴熟，干净利落，令人叹为观止。

老理发师从12岁开始做学徒，15岁开始拿剃刀给顾客理发，早已"阅头无数"，技艺愈发精湛，以至炉火纯青，人送美名"黄一刀"，在上个世纪六七十年代，他技艺超群、收费却一向低廉的事迹还上了省报。

如今，各类美发屋遍布大街小巷，各种时尚的发型设计理念不断更新，各种现代化的理发工具也在不断涌现，而黄文昌的理发观念始终以追求舒适为主，不赶时髦，不求新变，收费依然低得可怜，就连他手上的理发工具，也几十年没有变化，仍旧主要是一把推子和一把剃刀。他的理发店规模一直不大，这几年，多是一些老年人和一些收入偏低的"底层人士"光临。

那天，我陪新华社一位记者采访归来，闻知他的故事，记者好奇地让我带他去认识认识这位高龄的理发师。

走进门脸不大、装修简单得近乎寒伧的小店，黄文昌正笑容可掬地给一位老者理发。只见他穿一件很干净的白色大褂，左手抚着老者的头，右手握一把擦得锃亮的推子，咔嚓咔嚓地修剪着，剪下的碎发，很听话地被他轻轻甩入脚边的一个纸桶里，地上几乎不见一丝。过了一会儿，他又用剃刀背轻轻地摩挲几下老者的脖颈，然后轻快地刮去上面残留的几许发根。接下来，他又拿出一个形状特别的耳勺，帮老者掏出耳朵里的残茧，喜得老者连连慨叹"真舒服"。最后，他又让年轻的助手打来一盆清水，亲自为老者洗去头上和颈间的发碴。最后，又认真地端详了一番，才满意地点点头，接过老者的五元钱报酬。

整整40分钟，我和记者坐在旁边看着他有条不紊地忙碌，简直是在欣赏民间艺术表演。

我不解地问他这么大年纪了，为什么还要出来给人理发，他笑着回答了两个字——高兴。

我又问他："只是剪一个普通的头，赚钱不多，为什么要花那么多时间，还要那么认真呢？"

"那是我的职责啊，习惯了。"他喝了一口茶。

我惊讶："您这么一把年纪了，那可不是轻松的劳动啊！"

他依然笑容满面："你不知道，听着推子咔嚓咔嚓地游走，看剪下的头发轻轻飘下，心里别提有多么舒坦了，简直是一种特美的享受啊。"

哦，原来是这样——在我们看似很辛苦的劳动，在他那里只是一种快乐的享受，根本没有劳累的感觉。

而接下来记者的一番聊家常般的采访，让我们更是惊讶不已，感慨不已。

　　实际上，他生活条件优越，手头一点儿也不缺钱，他用理发赚来的钱资助了好几个贫困学生，现在还给两个大学生邮寄学费呢。他还有两个特别有出息、特别孝顺的儿女，儿子是一家著名跨国集团的总裁，女儿是一位副厅级干部。儿女曾多次劝他不要再去做理发师了，好好在家享享清福。他却说最好的享受是做自己喜欢的事，儿女要给他投资一个好的美发屋，他不同意，理由是跟那个陪伴了他几十年的小理发店有感情了。再说，他现在给人理发，赚的就是快乐，一间小店足够了。

　　记者敬佩地问他打算将理发店开到何时，他呵呵地笑着："只要干得动，就会一直开下去。瞧我现在这精神头啊，估计当个百岁理发师问题不大呀。"

　　黄文昌老人那无遮拦的快乐，深深地感染了我和记者，走出小店很远了，我们还在不约而同地连连慨叹：他是我们遇见的最幸福的理发师。

　　道理再简单不过了——做自己喜欢做的事情，并懂得享受做事过程中的点点滴滴的快乐，便自然会拥有浸润心灵的幸福，久久地，陪伴在自己的人生路上。

只要你心里的花还开着

小时候，家在乡村，庭院里有一块不大的花圃。每年春天，母亲都要撒下些不同的花籽，要不了多久，姹紫嫣红的花朵便争奇斗艳地陆续绽开，蝴蝶和蜜蜂也赶来凑热闹。遗憾的是，那些美丽、鲜艳的花，最后都要一一地凋落。看到那些纷纷坠地的花瓣，多读了一些唐诗宋词的我，便多愁善感地为那些短暂的生命惋惜。母亲却说，枝头的花凋落了没关系，只要心里的花还开着，眼睛里就还会有美丽的花。

那时，我还不大理解母亲话语中的深刻含义。直到那年高考，我才体会到了母亲当年那句朴素的话语里藏着的深刻。

也许是太过于紧张的缘故，第一次参加高考的我，卷子答得一塌糊涂，许多非常简单的题都没答对。我沮丧地回到家里，羞愧地将自己关进小屋，不愿出门见任何人。父亲安慰我："今年没考好，明年再来，庄稼不收年年种，考砸了一次，也没啥大不了的。"虽然，父亲的话说得有一定道理，可深陷失败打击的我，却一时难以振作起来。我甚至没出息地拒绝回到补习班里，不敢再次面对高考。

对于我有些固执的怯懦，母亲却没说什么，只是默默地帮我收拾那些复习资料，任我逃避般地沉浸在那几本小说编织的虚幻世界里。

深秋的一个午后，母亲拉着我坐在花圃前的阳光里，陪我静静地看那几乎就要凋零殆尽的花圃，望着秋风中那几朵依依不舍的小花，无奈地一瓣瓣凋落。母亲慢慢地对我说："看到了吧？多么漂亮的花，最终都是要凋谢的。每一朵花都知道自己早晚要凋落，可是，每一朵花都在心里告诉自己，一定要努力地开，开出自己的美丽。这样，花的一生，就没有遗憾了。"

"你怎么知道花是这么想的？难道花不为凋落伤感？"高考失利阴影还在我的心头。

"我相信，花落的时候，也会伤感，但是花的心头还有花开着。"母亲的目光那样深邃，仿佛看到了花的灵魂。

"花的心头还有花在开着？"我若有所悟地打量着枝头高举的那些花的种子。

"没错，只要心头还有开花的愿望，就一定会找到开花的土壤，一定会等到开花的季节。如果你的眼睛老是盯着那些凋落的花瓣，你怎么能够看到明年的花开呢？难道一次考试没有考好，你就一蹶不振了？我不相信你的目光会那么短浅。"母亲扔下这些话，便走开了。

望着辛勤的母亲微驼的背影，默默咀嚼着母亲的话语，我蓦然发觉：母亲说得真好——只要心里的花还开着，就会有无数的花，在眼前开放，在手边开放。

再次走进考场，我出奇地从容、镇定，我知道：纵然这一次仍是失败，我依然会怀抱开花的心愿，从头再来。

多年以后，我拿到了博士学位，成为那所大学里的教师，还成为一名小有名气的作家。每每有人赞叹我这个出身卑微的农家子弟取得的成绩时，我总是不由自主地想起母亲，想起母亲那句"心里的花还开着"的箴言。

我多想告诉更多的人们：即使你周围的花都凋落了，只要你心里的花还开着，你就仍可以欣赏到美丽的花海，仍可以拥有如花的世界。

尚奶奶的小说

朋友办了一所文化学校,邀我每个周末去给一个作文辅导班上课。

第一次上课,我就惊讶地发现教室最后一排坐着一位满头银发的老奶奶,她很认真地听课、做笔记。课间休息时,我走到她跟前与她聊了起来。

她叫尚贵芝,今年已经80岁了。我好奇地问她,为什么这么大年纪还和一群中学生一起听课。她笑着回答"因为喜欢",说着,她从随身携带的帆布书包里拿出一沓打印好的文稿,告诉我那是她刚写的小说,她请我回去有时间帮她看看,给她提一些修改意见。

我问尚奶奶以前是否写过东西,她说这是第一次写东西,她小时候就特别羡慕那些会写作的人,能够写出让人喜欢的文章,是她一直藏在心头的梦想。只是因为生活坎坷,她读书的机会极少,写作基础太薄弱,一直没敢动笔,直到那天她在报纸上看到一位85

岁才开始写作的英国老人的故事,她才鼓起了勇气。

回到家中,我细细地翻看尚奶奶的小说。坦率地说,她所写的不过是一些"流水账"式的生活实录,缺乏必要的艺术提炼、加工和剪裁,虽然其中不乏一些精彩的故事,也有一些感人的细节,但她的写作素养实在太一般了,小说的不成功之处非常明显。

再次去上课时,我把小说稿还给尚奶奶,给了她一点点鼓励后,我就直言不讳地谈了自己的读后感。没有想到,她竟一边不停地向我致谢,一边非常认真地在本子上记录我的意见。看到她那满脸的虔诚,我有些感动,便好意地建议她:"尚奶奶,您不妨先写一些短篇的东西,比如短小的叙事散文或者微型小说。"

"我知道自己还不具备写出成功小说的能力,你的建议也有一定的道理,可是,属于我的时间不多了,我更想写一部长篇小说。"她感到了时不我待。

随着交流的深入,我渐渐地知道了尚奶奶的一些生活经历:她只读过三年的小学,11岁便失去了父母,16岁嫁给了一个铁路工人,21岁守寡,拉扯着一儿一女熬了5年,再嫁了一个有三个儿子的农民。"三年自然灾害"的时候,她拼死拼活的劳作,仍填不饱一家人的肚子。最困难的时候,家里好几天连一粒烧粥的米也没有了,她偷偷地从生产队的马棚里拿了一小块豆饼,结果被发现,被游街示众,若不是放心不下几个需要她养活的孩子,她真想一头跳进村头那个深池塘。再后来,她供养儿女读书、工作、成家,又帮助他们照看孩子,一生都在忙忙碌碌中。直到孙子和外孙们都上大学了,她才恍然发现:有一个不了的心愿仍在心头萦绕着,挥之不去。

于是,当她偶尔听到邻居家小男孩说自己在上作文辅导课,便毅然前来报名参加学习。我的朋友要免她的学费,她坚决不肯。她说现在条件好了,她也有时间了,真想好好学点儿东西,真想把那部小说写好。

"我知道，您的生活经历本身就是一部内容丰富的小说。"我突然意识到，尚奶奶的写作，早已没了丝毫的功利色彩，只有一份真性情的自然抒发。

"我也觉得我的生活挺像小说的，应该把它写出来，可我的写作能力实在太有限了。"尚奶奶不无遗憾道。

我感动地在内心里想说，尚奶奶，即使您的小说最终也没能写成功，但您依然令人钦佩。因为您不仅把一个美好的梦想保持了几十年，在暮年仍为实现梦想实实在在地努力着。这些，都是值得我辈和更年轻的人们好好学习的。

第五辑 爱的执著：老去的是光阴，年轻的是真爱

苦难，在习惯中凋零

连续一周气温都在 35 度以上，火辣辣的阳光，灼烤得大地似乎马上就要燃烧起来。许多人坐在开大了空调的室内，吃着冰镇西瓜，仍忍不住喊着"热啊，太热了"。而随着记者镜头的推移，我看到城市中心的地铁三号线建设工地上，那些身着粗布工作服的工人们，仍顶着炎炎烈日，紧张地忙碌着。

其中，一位正在拖拉钢筋的女人，在那一群健壮的工人当中显得特别醒目：她个头矮小，面颊紫红，戴着白色安全帽和双层手套，为防止晒爆了皮肤，她还特意穿上了长袖的蓝褂，却无法阻拦汗水一次次的浸湿。

经过记者的介绍，我才知道：她叫魏红，今年 53 岁了，来自黑龙江省一个贫困县的农村，跟公婆住在一起，她的丈夫卧病在床已经快 10 年了，她有一个女儿正在北京读大学二年级。她是那个工地上仅有的三名女力工之一，而且是年龄最大的一个。她甚至有些欣然地告诉记者,她干的这份活儿,原来是专门由男人来干的,是绝对的重体力活儿,的确要累许多,但她还是咬牙挺过来,因为这比干别的活儿每月能多赚300元钱。

最让我感慨的,是下面这一段魏红与记者的对话——

记者:这种重体力活儿,应该是由年轻的男人来干的啊。

魏红:我并不比男人力气差呀,再说我还算年轻呢,在我们乡下,我也是好劳力。

记者:天气这么热,劳动强度这么大,你能受得了吗?

魏红:没什么受不了的,乡下人重活儿干多了,什么热呀累呀,早已经习惯了。

记者:你家境一直不大好,你怎么看待过日子的苦?

魏红:已经习惯了,也就不觉得苦了,倒是因为心里面一直有明确的奔头,反而觉着自己其实还是挺幸福的。

记者:听说你已经有半年多没回家了,不想家吗?

魏红:想啊,可是没时间回去,耽搁一天就要少挣80元钱呢。刚进城打工那两年,我想家想得厉害,常常在梦里回到家中,醒来还要匆匆地上工。现在,渐渐地已经习惯了,知道想家也没用,不如沉下心来,好好地干活儿,多赚些钱,把日子过好。

记者:我刚才看了你们的午餐,那么简单,还有你们的住宿条件,也那么简陋。应该说,你的工作环境不是很好,你是否想过要换一份更好的工作?

魏红:像我们这些主要靠出卖体力挣钱的人,现在到哪里找工作,条件都不会好多少。再说了,条件差一点儿,也没什么大不了的,在外面打工时间长了,早已经习惯了。

记者:我发现,你特别喜欢说"已经习惯了"。

魏红：是的，很多事情，我都已经习惯了，习惯了生活的艰难，习惯了劳累，习惯了对苦日子不抱怨，习惯了不去想那些不顺心的事情，习惯了眼睛往前看，等女儿大学毕业上班了，我相信日子会过得更好一些……

我知道，魏红轻描淡写的那一连串的"已经习惯了"，包含着太多太多的苦辣酸甜，也包含着太多太多的生活哲思。细细地品味，不禁更加钦佩她的生活态度，那份面对艰辛的坦然，那份面对苦难的达观，都是那样的自自然然，一如我们赞颂的那些古代的高士。

那天，在一次出差的旅途上，与对面的一位中年男子聊天，得知他半生坎坷，高中被迫辍学，走南闯北地打工，换了无数个岗位，也没有赚到多少钱，后来自己创业，又一次次地失败，现在他正和一个老乡合伙，准备办一个宠物饲料加工厂。他热情满怀地向我描述着憧憬中的成功，浑然忘却了曾经的那些令人难过的挫折。

我感觉他新的创业打算还是有很多风险的，对他明显表露的乐观有些担忧，便忍不住提醒他：再细心考察一下，多方面周全地考虑一下，免得再失败了。

他却乐呵呵地：不怕，我已经失败过很多次了，早已经习惯了。想到了就应该去做，不拖泥带水，不去顾虑那么多，人生只要不留遗憾就好。

我哑然——是啊，一个已经习惯了失败的人，还有什么畏惧的呢？

生活中，有人习惯一帆风顺，有人习惯跌跌撞撞，有人习惯过苦日子，有人习惯过甜日子。是习惯，让苦难凋零，让幸福走近。是习惯，让人心怀感激地过好一个个鲜活的今天，自然也拥抱属于生命的每一次选择……

默默地喜欢他，一去经年

一直是他最忠实的粉丝。每每向人提起他，她心里都会柔柔的。一支老歌，就是一盆久烘着岁月的炭火。这世界上不会再有谁能够像他那样，在流转的时光中，沉淀在她心湖里那最初的一抹纯净的笑容，从未模糊过。

每次听他演唱《童年》《光阴的故事》《恋曲1980》……一曲又一曲，她都会不由自主地陶醉于那些美妙的词句和旋律中，都能够清晰地听到时间的脚步，能真切地看到岁月行走的身影。他是音乐大师，更是听懂天籁的人，他的真挚与深情，是枝头的花朵，是淙淙奔淌的流水，有着浑然去雕饰的纯正本色。

记得，那是20世纪80年代初，刚读大学一年级的她，第一次听到他磁性的声音，她便被深深地吸引了。于是，她一发不可收地喜欢上了这个大师级的明星，他的名字叫罗大佑。

因为喜欢，家境寒微的她更节衣缩食了，好容易攒一点点的钱，她便买来他的专辑磁带，放在寝室同学的卡式录音机里，将声音大开，一遍遍毫无倦意地倾听他的歌唱。她那样痴痴地望着录音机内轻轻转动的磁带，仿佛看到他正站在面前，她眼睛里热烈的喜欢那样真真切切。时间一久，满寝室的女孩，都被她影响得喜欢上了他的音乐。而只有她清楚，她与她们的喜欢，肯定不是一个层次的。

要毕业的那年秋天，得知他和几位歌星一同来她读书所在的哈尔滨市演出，她兴奋异常，虽然知道他最多不过演唱两首歌，但她还是毫不犹豫地决定去买票，去看看自己心中最伟大的歌者。

然而，到预售票站一问票价，她便黯然了：最便宜的一张票，于她而言，也是相当不菲的，若是买了票，她一个月的生活费就没了着落。可是，她实在太想看他的演出了，她绞尽脑汁地想了好几天，终于想出一个快速弄到买票钱的办法——去做一份家教。她提出的报酬明显低于其他同学的要求，但有一个前提条件，雇主必须先支付她一个月的报酬。看到她一脸的诚恳，加上她低廉的报酬要求，雇主同意了。

拿到钱，她立刻买了一张价位最低的门票。握着票，她整个人儿似乎都要飞起来了。

演出那天，她早早地挤公交车来到演出广场。然而，当她兴奋地伸进衣兜里掏票时，她额头立刻冒出冷汗，出门前看了又看，在车上还摸到的那张门票，居然不翼而飞了。她惶恐地翻遍所有的衣兜，也没找到票。说不清的沮丧让眼前瞬间一片漆黑，她不由自主地蹲下来，旁若无人地大哭起来。从她身边经过的观众，好奇地看了她，但没有一个人帮她。毕竟那门票很贵，又很难买。

演出已经开始，她在广场外只能隐约地听到里面传来的歌声，她在门口啜泣着不肯离去。直到快散场了，有一个迟到的男子飞跑而来，见她正在入口处梨花带雨，猜想她一定是没买到票，便告诉她正好自己多一张票，因为他的朋友临时有事无法赶来。她感激得简直要给他磕头了。两个人飞跑进去，恰好演唱到他最后一首歌的最后一段。远远地，她看到了海报上熟悉的他，正深情地演唱着《光阴的故事》。她轻轻地跟着他唱，唱得热血翻涌。

毕业后，她去一个林区小镇的中学。她在宿舍墙上，贴满了从各种报刊上剪下的他的演出照，抽屉里是能搜集的所有磁带和CD。虽然她也听其他歌手的歌，但唯有他的歌百听不厌。

再后来，她回到了省城哈尔滨工作，买了电脑，买了更多他歌曲的碟片，听他的歌更方便了。每次与朋友去歌厅，她也只选他的歌，她唱他的歌唱得最好，不仅在用嗓子唱，还在用心唱。那样痴痴的喜欢着他，喜欢着他的歌，一去经年，她的女儿都上大学了，他依然是她心中最爱的歌者。

去年，他与另外三位著名歌手组成的"纵贯线"组合，来到了哈尔滨做专场演出，她买了甲等票，早早地走进那阔大的演出广场。演出刚刚开始，天空便开始飘雨，很快雨就越下越大，随即变成了瓢泼大雨。而他和他的朋友，也一直在冒雨演唱，当看到在大雨中仍坚持着不肯退场的观众们，他干脆扔掉了雨伞，站在漫天大雨中激情地唱了一首又一首。她依然像一个疯狂的年轻歌迷，忘我地为他鼓掌、欢呼、唱和，全然忘却了周身上下早已湿透。

那是"纵贯线"组合最难忘的一场演出，那也是她生命中最难忘的一次音乐盛会。她说，他苍老了，但他的歌仍然年轻。她相信无论人生如何沧桑，她都会默默地喜欢他，一去经年，痴情不改。

正是那这份纯净的喜欢，让她始终热爱生活，始终在吟咏生命的骊歌。

无法删掉的手机号码

手机的号码簿又满了,我决定将那些几乎一直没拨打过的号码,转移到纸质的电话本上,以便腾出空间,补充必用的新号码。

移着移着,手指翻到一个熟稔的号码,我的心陡然一颤:哦,我敬爱的姜老师,您去天堂一年多了,您还好么?

我知道,姜老师的这个手机号码如今已经无法拨通了。但是,只要看到这个号码,我的心就立刻飞到了姜老师身边,立刻能看到她清纯的微笑,听到她清爽的声音……于是,纷纷往事便不邀而至,瞬间便搅得我心海难平。

姜老师是我生命中最特别的一位老师。当年,在那所破烂不堪乡村中学,在几乎看不到任何升学希望的时候,她天使般地到来,以自己超负荷的努力,托起了我和许多同学的梦想,让我们考上了重点高中,并让我们由此更加努力,考上大学,有了精彩的人生走向……

只是，多年在外打拼的我，一度失去了与姜老师的联系，只是偶尔从同学那里得知她越来越优秀的信息，知道她当上了校长，成了教育专家。

三年前，我因公出差，路过母校，便去看望那里的老师们。在简直已发生了天翻地覆的变化的母校，听着头发斑白的教数学的李老师，介绍母校20多年来坎坷而辉煌的发展历程。我们不约而同地提到了姜老师，慨叹她当年不仅改变了我们那一批学生的命运，甚至还改变了一所中学的命运——正是那年中考成绩令人惊讶的优异，让领导、老师、家长、学生们都开始重视那所长久被忽略的中学……

在李老师的帮助下，我拨通了姜老师的手机。当我报上我的名字后，已在县城一所中学当校长的她，竟惊喜地告诉我："我刚才还在阅读你发表在《读者》杂志上的文章呢，写得真好，老师很骄傲有你这样的学生。"

我激动地告诉她："我一定会尽快去看望您。"

她高兴地说："好啊，我也想看看你，个头长高了吗？还那么瘦吗？"

随后，我们又聊起了其他同学，没想到她那么关心我们的成长。往昔的许多琐屑的小事，她都记得清清楚楚。

更没想到，那天晚上，她竟打出租车，赶了70多里的山路，亲自来看我。她说："放下电话，我就忍不住想知道你现在到底变成什么样子了，想着想着，就出门了。"

我感动而羞愧："应该是学生去看您的！"

"一样的，再说了，我也借光回到曾经青春飞扬的学校了。"她还是那么美丽、爽朗。

那天晚上，我们师生畅饮、畅言，快乐无比。

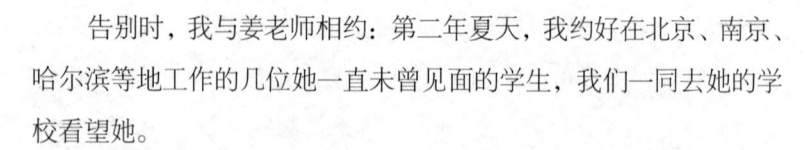

告别时，我与姜老师相约：第二年夏天，我约好在北京、南京、哈尔滨等地工作的几位她一直未曾见面的学生，我们一同去她的学校看望她。

然而，我怎么也不会想到，我们那次的"再见"，竟是我们的永诀。数月后，她猝然辞世，因为乳腺癌，发现时已是晚期。

据说，她在生命最后的一个月里，常常翻看着一张张毕业生合影，念叨着一个个学生的名字……但是，她没让身边的亲人去惊动我们这些学生。

闻知姜老师逝世的消息后，我惊愕地呆住了。好长一段时间，我都不愿相信那是真的。

此刻，再次看到姜老师留给我的手机号码，我的心柔柔地疼痛。我毫不迟疑地越过这个号码，继续朝下面翻去。

是的，我无法删掉这个手机号码，尽管我知道自己再也不会去拨打这个号码，但我一定要保留着它。因为一看到它，我就会想到姜老师，想到那些注定要刻骨铭心的往事……

那一串早已记熟的数字，是一根最实在的纽带，只那么轻轻的一眼，我就可以立刻看到天堂里的姜老师，就能听到她永远年轻的笑声，不管时光怎样老去……

无法删去的手机号码，牵着我的怀恋，也激励着我。只有我真切地知道，那11位绝对不普通的数字，对于我来说，有着神奇的力量。

投递阳光

第四份工作很快又丢了,她年轻的心空一片阴郁。

那天,她去邮局取汇款。一想到自己都20多岁了,还要靠母亲救助,她心里别提多难过的了。

"姑娘,帮我把最上面那个信箱打开,好吗?"一个矮矮的老妇向她求助道。

"哦,这么多呀!"她惊讶地将那几乎塞满信箱的报纸交到老妇手里。

"都是爱看报的老头子订的,他的腿摔坏了,医生让他在床上躺几个月,只好让我来给他取了。"老妇谢过她,拄着拐蹒跚着要出门。

忽然脚下一个趔趄,老妇差点儿摔倒。她赶紧上前扶住老妇,关切地提议道:"我家就住在附近,我正好闲着没事儿,要不以后我帮你取报刊吧。"

"那可太好了！"老妇露出一脸慈祥的笑，当时就信任地把钥匙放到她手里。

第二天，她早早地把报纸送到那对年过七旬的老夫妇手里，他们连着说了好多的感谢，让她都有些不好意思了。转身离开时，那位卧床的老头冲她喊了一句："姑娘，你给我送来不止是报纸，那是我的阳光啊。"

此后的数天里，老人灿烂的笑容和真诚的话语，让她幽闭的心田里仿佛涌入了缕缕阳光，暖暖的，温馨如春。

一个难眠的晚上，一个灵感突然降临，并很快扩展为一连串让自己激动不已的设想。

第二天早上，她敲开了《滨江晨报》总编的门。听了她侃侃而谈的那套送报构想，总编兴奋地告诉她："好点子，你这是在帮我们提高服务质量、赢得更多的读者啊，你大胆地去做吧，我们全力支持你。"

很快，她的"阳光投递公司"成立了，她先招募了5名下岗女工，带着她们每天早早地从报社取回报纸，分装好，然后分头骑着自行车走街穿巷，把一份份带着墨香的报纸送到读者手中。这一天，她听到了100多次"谢谢"，而到了月末，她惊喜地拿到了报社付给的1500元报酬。

加上媒体不失时机的宣传，阳光投递公司迅速家喻户晓，公司经营的规模和范围也在急速扩大，佩戴"阳光投递"标识的职员越来越多。他们大多数人都曾和她一样深陷下岗的苦恼中，但在公司里每个人都绽开了灿烂的笑容，他们不仅仅因为有了一份相对稳定的收入，还因为在忙碌中找到了自己的位置。

成了公司老板的她，整日忙忙碌碌，已不再送报，但有两位特殊的客户，她仍一直坚持亲自上门服务，他们就是送给她最初阳光的那两位可爱的老人。每当他们高兴地接过她送来的报纸时，她的心里都像撒了阳光一样。

某日，一位她曾非常敬佩的白领丽人一脸羡慕地对她说："最好的工作，不在于赚钱多少，而在于心情愉快，真想到你的手下，做一名快乐的投递员。"

白领丽人说得真诚而恳切，她不无得意道："我们是传递阳光的公司嘛，谁能够拒绝阳光的抚摸呢？"

看着"阳光投递公司"的业务还在不断地拓展，前景一片生机勃勃，一位资深记者这样感慨——带着爱意的阳光，有时只需要那微不足道的一缕，便可能点燃智慧的火种，进而把无限扩大的温暖投向更多的心灵……

无缘的爱还要走多远

相对无言。

面前是一盆红红的炭火，我们所有诗意盎然的日子，都被窗外纷纷扬扬的大雪覆盖了，只剩下这无言的心悸，守着这冬日静静的午夜。

所有的梦想，似乎都在一瞬间走失。无缘，我只能用这个自欺欺人的语汇，安抚一颗再也经不起磕碰的心了。在你走后的那些日子里，我最大的困难，便是将你忘却。

你不止一次地劝我，走吧，离开这个僻远的小山村。每一次，你的眼里都闪着热望，而最终总是你长长地叹口气，然后无奈地低着头走了。留下我站在那棵歪脖子老柳树旁，痴痴地望着你远去的背影。

和那些庄稼一样质朴的山里人在一起，我总有一种在母亲身边的感觉。那些浑身上下沾满泥土的孩子，有着城里孩子难以想象的聪明和坚毅。我是在一首诗歌中爱上了他们的，可是当我真的走近他们以后，我才真切地感到，他们远比那些精美诗篇美丽百倍。真的，我给你随意举几个例子，你都不能不相信我所说的一切都是真的。

而你不会留下来的，你不会舍下你的父母，让他们为你长长地牵挂的。你是父母手中的风筝，不能飞出他们的视野，否则，他们便要拉动手中的细线了。

就像你能理解我的执着，我亦理解你的苦衷。就像我无法说服你，你也无法说服我。我们像两条交叉的路轨，自然地走到一起，又自然地分开。

可是，多么希望我们能并肩而行啊，但这只是希望而已。

此刻，翻动那些划满红勾的作业本，你在想些什么？你会想到那里记着我怎样的心愿吗？

你还好吗？我努力地想生动地笑笑。想问问你，在那些被思念和追忆锁住的日子里，你是否和我一样，习惯了一边啜饮孤独，一边把目光投向远方？

多么希望有一天，你能突然地说一声你将不再离开。就像那些落雨的日子里，多么渴望有一柄红伞，甚或一语问候啊，常常是遐思中猛然惊醒，举首时却没有你熟悉的眼睛。

我知道，我们都因为认真，尤其是在一诺千金的那个年龄，我们自以为是地抄袭了别人的错误，谁也没有勇气率先承认。于是，我们在那段距离的锋刃上，倍感失落的疼痛。

如今与你对坐，那么多的话语都哽在喉里，面对跳跃的炭火，我只是轻轻地搓搓手掌，让沉默握紧沉默。

凝视你的面孔，我们共同的记忆在雪季的深处明灭闪烁。

这样也好，我可以再默默地深味那叫作忠贞不渝的情感。尽管桌上只有两只杯子，我依旧能听到那些熟悉的交谈。在窗外，有风呢喃，白桦树在雪野上睁大期待的黑眼睛。

　　分手以后，还是默默地在心中与你相约。我知道，你也一直未曾真的将我忘却。否则你就不会在长长的别离后，再次跑来，和我一道咀嚼这疼痛的幸福。

　　是的，我们已经找到了各自位置。你也一定相信：随便的一棵树，在各自的前方，都不会平淡无奇的，那些飘荡于心灵的叶片，有着季节无法呈现的回声。在这样的落雪的黄昏，朝家走去的人，是最幸福的人。

　　彼此是咫尺，亦是天涯。很多的诗句已在风中飘落，还有掌声响起的舞台吗？那时你我在台上还是台下？我断弦的吉他还会拨出几许清音？

　　望一眼红红的炭火，我还是禁不住要问：无缘的爱还要走多远？

每天多领跑 5 米

一进入高中,他便报名参加了学校的体训队。因为他早就仰慕那位教体育很有名的张卓老师,知道张老师向许多名牌大学输送了优秀弟子,而他的文化课较差,希望能在体育方面有所收获。

第一次集训,张老师先考核了大家的各自的特长,他的短跑成绩是集训队的同学当中最好的,100米、200米和400米都名列第一。但出乎他和同学们的意料,张老师选了四个同学练短跑,却安排他练中长跑。

他惊讶地问张老师:"我的优势是爆发力强,短跑是我的强项,为什么让我去练中长跑?"

"我相信你的强项将是中长跑,只要坚持训练下去。"张老师很自信地说。

"可我的耐力不行,一超过 400 米,我就不行了。"他还想让张老师改变那令其困惑的安排。

"做什么事情都需要耐力，耐力是后天训练出来的，想跟着我训练，今天就开始练中长跑。"张老师不容置疑地一挥手，他只得快快地站到了中长跑队员的队伍里。

结果，那天的800米和1500米训练，他使出了全身的力气，累得气喘吁吁，仍是跑在最后面的一个。好几个同学看着他那难受的样子，同情地过去帮他向张老师求情，说他适合练短跑，但固执的张老师仍坚持让他继续练中长跑。

第二天，他赌气地一上场就以百米冲刺的速度玩命地跑，但很快就力不从心了，脚步明显地慢了下来，双腿像灌了铅似的沉重无比，咬着牙跑到终点，他虚脱得差点儿瘫倒在跑道边。那天他只是在前400多米领先一时，到后来又被同学们一个个地超了过去，再次跑了一个倒数第一。

奇怪的是，当天的训练总结会上，张老师竟表扬了他，表扬他敢于争先，训练刻苦，说他很有中长跑的潜力。张老师的一席话，让他一肚子的苦水更没法往外倒了。

再次训练时，张老师悄悄地把他叫到一边，告诉他："今天，你还是像昨天那样，开始就加快速度去领跑，别怕别人后来居上。你尽最大努力，看看自己究竟能领跑多少米。"

"领跑得再远，结果还得让人超出，那有什么用处？"他不解地追问。

"非常有用，以后你就会明白的。"张老师微笑着望着他。

结果，按着张老师的要求，三次测试，他都是在平均领跑500米左右后被同学们陆续追赶上来并超过的。对此，张老师似乎很满意，在表扬了其他同学后，再次特别地表扬了他，说他敢于领跑的精神十分可嘉，但他看到许多同学脸上都挂着明显的不以为然。是啊，大家都知道，竞技场上，重视的是结果，不管你开始跑得多么快，还是要看最后的结果的。

周末，他第一个来到运动场上，看到张老师在单杠旁做着准备活动，他走过去，想再次请求让他去练短跑，他想告诉张老师——与其让他这样艰难地练看不到前景的中长跑，不如让他把短跑的优势再扩大一下。

还没等他开口，张老师先说出了一个并不算过分的要求："你只要坚持每天比前一天多领跑5米，五个月后，你肯定是队里800米的第一名。"

"每天多领跑5米，我就能跑第一？"他心存怀疑。

"是的，每天你多领跑5米，这对你来说，并不是一个难关。你算一算，日积月累，你是不是一直都在领跑的位置上，等到三个月后，谁再想超过你恐怕也不容易了。"

仔细一想，张老师说得有道理呀，他第一次心悦诚服地按张老师的要求去做了，尽管他最终仍是倒数第一，但他已不再气馁，因为此时他心里已开始憧憬不久后夺冠的情景了，他真正明白了"坚持到底"这四个字的深刻含义了。

随着他领跑距离的不断扩大，他的自信心大大增强，同学们也很惊讶——这段时间里，他们自己的成绩也在明显提高，怎么还是让他领跑的时间越来越长呢？

他不无得意地刺激他们："快跑吧，再过一段时间，本人将不再提供给你们超越的机会了。"

有了危机意识的同学们练得也更刻苦了，而他要完成每天多领跑5米的任务，也必须付出很大的努力。否则，必然是"逆水行舟，不进则退"了。

令他欣喜的是，不久，他的800米成绩已在集训队里居前列了，能超过他的只有两名队员了。

在参加集训队半年后的全县中学生运动会上，800米决赛即将开始了，张老师再次叮嘱他——尽可能地多领跑一段距离，以便让另外两名同学破纪录。

按张老师布置的策略，一上场他就开始加速，一下子就领先其他运动员十多米，而且他步伐轻松地一路领先，在全场雷鸣般的呐喊助威声中，他越跑越有劲儿，距终点不足50米时，他开始奋力冲刺，希望后面两名队友也能加速追赶超过他，实现赛前破纪录的愿望。

结果，当他第一个撞线冲过终点，打破纪录时，两位队友还被他甩下了四五米远呢。

他激动地扑向张老师的怀抱："张老师，我跑了第一名。"

张老师欣然道："这是我早就预料到的，记得我跟你说过的，五个月后你就是这个项目的第一名，你现在是让这一天提前了。"

后来，他的1500米和3000，都跑出了全县第一的成绩，他取胜的原因很简单——每天多领跑5米。与此同时，令他欣喜的是自己的短跑成绩非但没有下降，还有了长进，在各类短跑比赛中，也没少拿第一。他知道，这是他一直坚持领跑的结果。

更重要的是，他还把张老师的训练方法自觉地运用到了文化课的学习上面，对那两门基础薄弱的学科，他每天多投入一点，每次考试都努力争取进步一点点，不断缩小与其他同学的差距。结果，他的总成绩逐步提高，后来竟考入了他以前从不敢奢望的名牌大学。

接到录取通知书时，他由衷地去感谢张老师，感谢张老师不仅培养了他坚定的自信心和顽强的意志力，还让他懂得了走向成功的秘诀。

是的，在现实生活中，若能像他当年"每天都领跑5米"那样坚持不懈，就能把自身的某些弱势逐步转变成优势。同理，我们要实现心中远大的目标，只需每天进步一点点，日积月累，必将赢得一个质的飞跃，创造出连自己都会惊讶不已的奇迹。

第五辑 爱的执著：老去的是光阴，年轻的是真爱

周游世界可以如此轻松美妙

大学毕业后，丛珊就职于上海的一家文化公司，拥有大把的休闲时间。她想实施自己梦寐已久的环球之旅，囊中羞涩的她，却一时无法梦想成真。她在博客上写下了自己的遗憾。没想到，很快有人告诉她——不妨加入"跨国沙发客俱乐部"，或许会有一份惊喜。

怀着好奇，她登陆了那家由几个美国旅行家创办的"沙发客俱乐部"网站并成为其会员。她知道：通过这一网络平台，她可以结识许多像她这样的旅游爱好者，可以接受其中某一个会员的邀请，前往该会员所在国家或城市旅游，而那位邀请者，会给她提供免费的住处（可能只是睡家里的沙发）、交通、餐饮、导游等帮助；作为回报，当对方来自己所在地旅游时，自己只需尽一份地主之谊。

丛珊真实的资料贴上网站不久，她竟一下子接到了4份来自不同国度的会员盛情邀请，其中在巴黎大学就读的珍妮，在视频中告诉她："我特别喜欢中国，特别渴望有机会去上海看世博会。我愿意先做一回主人，邀请丛珊到巴黎一游。"珍妮的坦诚和热情，打动了丛珊。带着简单的行囊，她便直奔梦中多次神游过的巴黎。

珍妮亲自驾车到机场接她。两人一见面，彼此一个热情的拥抱，立刻拉近了两颗心，仿佛她们早已是心心相印的挚爱亲朋。

接下来的日子里，珍妮领着丛珊，游览了卢浮宫、巴黎圣母院、埃菲尔铁塔、凯旋门等著名的景点，带她游览了塞纳河两岸的风景，还陪着她在华灯初上时分漫步于香榭丽舍大街，感受了巴黎夜景的旖旎。学食品专业的珍妮，还如数家珍地向她介绍了法国红酒的历史、酿造工艺、品牌、口味等等。有了珍妮这个优秀的向导，丛珊的旅程变得特别轻松、愉悦。晚上，住进珍妮特别为她收拾的小屋，她感到非常温馨。更没想到的是，珍妮还是一个心灵手巧的美食家，她烘烤的面包酥软、香甜，煲的汤有一种说不出的美味。每一餐，她都吃得很饱，以至她笑着说："你的美食，把我都喂胖了。"

赶到周末，珍妮还驾车带她去了旅游胜地戛纳，走了一回世界各国电影明星们走过的红地毯。并在附近的公园里，与美丽的天鹅们愉快地相会。

临别前，珍妮带她去了巴黎大学，坐在珍妮上课的教室里，她又重温了一回大学生活。

七天的法国之行，带给了丛珊说不尽的兴奋和感动。她把自己的经历和见闻，用大量的文字和图片发到网站上，一下子又赢得了许多关注和赞赏的目光。

那一天，她不经意地说了一句："很想去塞班岛，看看人间天堂是什么样子。"很快就有一位叫迪瓦的医生给她发来邮件，告诉她自己在塞班岛上有一栋闲置的二层小楼，里面有成套的家具，愿意免费提供给她使用。

迪瓦的工作很忙，不能像珍妮那样陪丛珊游玩，他建议她可以邀请一个自己最想见的朋友一同前往。这个不错的建议，让她很动心，她马上联系了此前有过一面之缘的韩国朋友——金淑英。稍作准备，两人真的来到了塞班岛。没想到，迪瓦的小楼距海滩很近，站在阳台上，就可以看到蔚蓝的海水和金色的沙滩。

迪瓦在岛上是一个很有名气的医生，他为人随和、热诚，有两个晚上不出诊，他特意买来新鲜的海鱼，在楼前的空地上为丛珊她们烧烤，虽然他的手艺不大好，但丛珊和金淑英吃得津津有味。看到她们开心的笑，他也仿佛得了奖似的，即兴来了一曲男高音，和着不远处传来的阵阵海涛声，真是别有一番情意。

回国前，迪瓦送给了丛珊一个用椰子壳雕刻的工艺品，精美的构思和细腻的刀工，让她一下子便爱不释手了。每有朋友来家里，她都会炫耀地拿出来，再给大家讲讲与迪瓦在一起的那些快乐时光。

接下来的三年间，她受各地"沙发客"的邀请，先后去了埃及、阿联酋、泰国、奥地利、美国、巴西、澳大利亚等20多个国家，她也在家中接待了来自世界各地的20多个朋友，带着他们在北京、天津、上海等地游览。她还跟着电视学习烹饪技术，掌握了好几个拿手菜的做法，很享受地接受远道而来的"沙发客"的赞扬。她的小屋不大，但布置得很有情调，被俱乐部的会员们赞誉为是"五星级"的，而她驾车水平和认路能力，也在显著地提高。

最让丛珊幸福的，是今年她去新加坡旅游，接待她的那位英俊的记者，后来竟成了她的男朋友。两个酷爱旅游的年轻人一见钟情，带着爱上路，两人的游程，又多了许多的甜蜜。

"世界真的很小很小，只要我们的心有足够大，我们可以轻松地抵达每一个希望的远方。"只拿出了很少的一些必要的费用，便尽情地游历了众多国家和城市的丛珊，这样由衷地感慨。

没错，只要你心的世界是敞开的，世界就会向你无限地敞开。

第六辑

爱的温馨：与你暖暖地相遇，与我美美地相知

也许只是一抹笑容，也许只是一语问候，像春风吹开的一朵朵小花，那绵绵的温馨就在生活的枝头上，自然地飘逸着，点点滴滴，渗入我们渴望美好的心灵，给我们久久的感动。

母亲在看着我

阳春三月,温柔的阳光轻抚着楼前的绿草坪。一个走路摇摇晃晃的幼儿,正推着她的童车,独自在甬道上津津有味地玩着,她跟前没有一个看护的大人。

虽说这个小区特别安全,可她毕竟是一个只有两三岁的孩子啊,万一有点儿闪失怎么办?在一家大公司当总经理的他,心里正奇怪幼儿家长的粗心大意。猛抬头,二楼阳台上一位年轻的母亲正一脸慈爱地望着自己的宝宝尽情地玩耍。

哦,原来那位母亲呵护的目光从来就没有离开过自己的孩子啊。

当他把这感动的一幕讲给妻子听时,妻子感慨道:"其实,天下做母亲的都是一样的,都在关注着自己孩子的一举一动,而很多孩子并不知晓。你每天上班出门,母亲都会趴在阳台上看着你走远,估计你快要下班了,母亲就会到阳台上张望。"

"是么?我还真不知道呢。"整天忙忙碌碌的他,来去总是脚步匆匆,自从把母亲从乡下接到城市里以后,他看到的总是母亲慈爱的笑容,听到的总是母亲幸福的感慨,但不知道母亲的目光每天都在跟随着自己走出家门、走进家门,不知道母亲心里藏了许多的牵挂,只是她从没有跟自己说起。

一天,公司突发一件重大事故,司机小王火速驾车赶到他住的楼前,接他赶往事发现场。为了抓紧时间,车刚一停,小王便打开车门迎接他。可是,小王看到他神态自若地从楼里走出,跟往常一样慢慢悠悠地走过来,好像根本就不知道公司里发生了重大事件。

走到车前,他小声地叮嘱了小王一句:"别慌,一定要慢慢开,要像往常一样。"

小王不禁心生纳闷:在公司里一向雷厉风行的他,遇到这么重大的事件,怎么还能这般地镇静?

等小车缓缓地刚一驶出小区,他脸上立刻布满了焦急的神色,大声地催促小王:"保证安全,能多快就多快,火速赶到现场。"

车子一路疾驰。他不停地打着手机,果断而急切地给公司各个部门布置着应急工作。

事后,小王满脸困惑地问他:"那天,公司出了那么大的事故,您走出家门时,为什么还像往常一样闲庭信步,好像什么事情都没有发生似的,为什么车一出小区,您整个人就都变了?"

他笑道:"因为母亲在看着我。"

"母亲在看着您?"小王仍不大明白。

"你不知道,母亲每天都趴在阳台上看着我上下班,我不想让母亲看到我紧张的神态和慌乱的脚步。那样,她会为我牵挂一整天的。我知道情况很紧急,可我也没有理由让母亲跟着我担心啊。"

他没有跟小王讲,母亲这一辈子为了他吃了很多的苦,为他操了很多心,一直看着他一步步成长。他的每一个细微的变化,都逃不出母亲关注的目光。

那天，当朋友在酒桌上讲完上面的这些琐事后，一位大学教授激动地说出了在座所有人共同的心声："没错，我们的母亲都在看着我们，单单是为了母亲关心的目光，我们都应该做得更优秀一些。"

是啊，永远不要忘了，在我们的背后，母亲爱意充盈的目光，一直在追随着我们，一直在关切地看着我们向前延伸的人生之路……

第六辑 爱的温馨：与你暖暖地相遇，与我美美地相知

一把花籽，满园芬芳

初到省城那家报社做实习记者，我租住在市郊，周边居住着许多以收废品为生的外来户。我每天匆匆忙忙地采访、写稿，一日三餐，经常随便对付一下。

那天单位发奖金，我犒赏了一下缺少油水的肠胃，去那家湘菜馆点了一桌看着就赏心悦目的菜肴，独自享受了一半，打包带回家一半。

因为是周末休班，我中午喝了两瓶啤酒，头脑略微有些发晕，刚从冰箱里拿出一盒酸奶。忽然，有人按门铃，拿起对话机也没问清楚，只听到一个老妇人外地的口声，我便打开了外面的单元门，以为她可能是去楼上某一家。

几分钟后，有人敲门，声音轻轻的。透过猫眼，我看到门口站着一位满脸皱纹的老妇人，手里拎着一个化肥袋子。显然，她是一位捡拾和收购废品的。我打开门告诉她："我刚刚卖过废品，家里没什么可卖的了。"

"再看看，有没有什么废书废报要卖的。"显然，她知道我是一个读书人，心犹不甘地提醒我。

"哦，这里有一点儿旧报纸，你拿走吧。"我把沙发边上的一小摞旧报纸拿给她。

"我秤一秤，得给你钱。"她很认真地掏出一个弹簧秤。

"免了吧，就这一点点，送给你了。"我连连向她摆手，准备把门关上。

"谢谢你！小伙子,你手里的酸奶是什么牌子的？味道好吗？"她的目光突然盯住了我手里的酸奶。

"你问这个干什么？"我对她冒昧的打探有些好奇。

"我想给小孙女买一盒尝尝，不知道哪个牌子的好，我见这个盒花花绿绿的，挺好看的。"她流露出欣赏的目光。

"哦，是这样啊，这是一款刚上市的草莓酸奶，估计你孙女会喜欢的。你可以拿一盒回去给她尝尝。"我忽然心情很好地打开冰箱，拿了一盒递给她。

"不用，不用，我记下这个牌子就行了。"她有些羞涩地推辞。

"拿着吧,这个牌子的酸奶,只有市中心的家乐福超市有卖的。"我塞到她手中。

"好心的小伙子，你的报纸不收钱，我怎么还能……"她非要付给我钱。

"就算是我送给小妹妹的节日礼物吧，明天正好是儿童节。"我找到了一个漂亮的理由。

她一再道谢着走了。我坐在那里边喝酸奶，边想着下周的采访计划。

一周后，我在小区门口又撞见了那位老妇人，她手里还牵着一个六七岁左右的小女孩。

"小雪,这位就是给你酸奶的大哥哥。"老妇人显然很兴奋,告诉小女孩。

"谢谢大哥哥!除了奶奶,你是唯一送给我节日礼物的。我可以摸摸你的手吗?"小雪的两只眼睛里有很明显的白翳,她直直地把手伸过来。

"哦,当然可以啊。"我忙蹲下身,伸过手去。这时,我才发觉,她两眼什么都看不见。

"沾沾你手上的灵气,我也会像你一样写出文章的,这是奶奶告诉我的。"小雪很兴奋。

"聪明的小雪,将来肯定能写出比哥哥还好的文章。"我的心忽然一颤,感觉她真的像我梦中的一个小妹妹。

"可怜这孩子,得了先天性的白内障,什么都看不到,家里也没钱给她做手术。我在拼命地攒钱,但愿到时候能让她看见这个世界的美。"老妇人忧戚地告诉我。

"要手术,就不能拖延,要抓住最佳手术期啊。"我焦急地喊道。

"我懂,可是我们没钱。"老妇人无奈地叹口气。

"我来想办法。"一股不容推卸的使命感,催促着我立刻付诸行动。

经过一番调查,我才惊讶地得知,有那么多的白内障患者,由于经济等原因,不能及时进行复明手术,有些人最终丧失了治疗的时机,一生都只能沉浸在无尽的黑暗之中。我还惊喜地得知,由香港等地的爱心人士组织的"光明行"救助活动,每年都会为一些贫困儿童和妇女提供免费手术救援。

于是,我将调查采访得来的信息,写成一篇篇新闻稿件,形成了一系列深度报道,在我实习的晚报上接连推出。很快,这一特殊群体便引起社会公众和有关部门的高度关注,很多爱心人士和团体纷纷伸出援助之手,帮助不少贫困患者做了康复手术,小雪就是其中的一位幸运者。

当小雪把自己画的那幅蜡笔画,放到我的手上时,我分明看到那黑亮的瞳仁里,透射出花朵一样的光亮。她的奶奶还高兴地告诉我,因为小雪眼睛复明,她那因贫穷离家出走的妈妈也回来了,她又拥有了一个完整的家。

"真好!"我感叹着,也告诉了她一个好消息:由于我的那些系列报道,引起了很好的社会反响,报社提前与我签约,并把我聘为首席记者。刚走出校门三个月,我便在报界赢得了不少赞赏。我真的应该感谢小雪,感谢她的奶奶。

不久,我恋爱了,女友便是那家眼科医院的护士。她说,看到我像关心自己的亲人那样,不辞辛苦地关心那些素昧平生的患者,她就坚信我是一个可以终生托付的男人。

回老家过完春节,我携女友回到租住的小屋,惊讶地发现,门口被扫得干干净净,门上贴了崭新的对联,门边上那些讨厌的小广告也全被揭掉了。

"肯定都是小雪的奶奶做的。"我立刻猜到了,女友也赞同地点头。

那天,我在阳台上看书,看见小雪的奶奶拎着收废品的口袋走进小区,我过去轻轻打开单元门,把一摞旧报纸放到门外。自从那天相识以后,我的旧报纸就只送给她,从不卖。偶尔,她也会给我捎一点儿山核桃、红小豆之类的东西,我不在家时,她就让邻居转交,邻居羡慕地说我结识了一个好亲戚,可以吃到纯绿色食品。我不置可否,心里却充满了暖意。我偶尔也送小雪奶奶一些旧衣物,每次她都说自己占便宜了,我就笑着说,根本没有,何况我们还亲如一家人呢。

我被派往外地采访的那一个月，适逢女友也去北京进修。等我再回到家后，很长一段时间没有见到小雪的奶奶。一打听，我才知道——原来，那天有两个小偷撬开我的房门，正准备大肆偷掠一番，不巧被小雪的奶奶撞上了，她拼了老命上前阻止，被打破脑袋，扭伤了胳膊，住了两个月的院。我的家，却毫发未损。

我拎着东西去感谢小雪的奶奶，她竟有些不好意思地说："你帮我们那么多，我做这一点儿小事，不是很应该的吗？一想起你跟别人说我们是亲戚，我这心里就可温暖了。"

"是的，我们是亲戚，是温暖的一家人。"认识她以后，我的心情好了，做事也更顺了。

当初那不经意送出的一摞旧报纸，竟会遇到后面那么多的美好。如同春天里的一把花籽，换来的是满园的芬芳。

牵着女儿的手

无论你长多大，你都是父亲的好女儿，都是我掌心里的宝。牵着你的手，就有温暖在不知不觉传送，就有力量在潜滋暗长，多么大的风都吹不开我们，多么大的雨都淋不散我们。

还记得你刚开始蹒跚学步时，你总是喜欢把胖乎乎的小手伸给我，似乎只有被我的一只大手握住了，你才可以放心大胆地迈步，似乎只有那样有力的牵引，你才可以无所畏惧地前行。

还记得，牵着你稚嫩的小手，我们忘情地奔跑在我远方故乡的大草甸子里，你清脆如铜铃般的笑声，在悠悠的白云下轻快地飘散着，草地里那些欢悦地鸣唱的小鸟，那些恣意开放的各种小花，也都在羡慕你一览无余的快乐。你如藕的白嫩的胳膊，你细软的手掌，兴奋地向前探出，一只只漂亮的蝴蝶翻飞着，带你走进童话的世界。

你上小学了，面对街市上熙熙攘攘的车流人流，我总是习惯性地抓起你的小手，等绿灯亮起时，领着你快步走过斑马线。其实，

我知道，一向小心谨慎的你，特别遵守交通规则，懂得怎样安全地过马路。可是，直到你已上中学了，我还是坚持接送你，每次过马路，我还是那样习惯地牵着你的手。你安然地与我并肩在人流中穿行，我竟有一种无比幸福而伟大的感觉。

美好的时光过得总是飞快。如今，你已出落成一个亭亭玉立的大姑娘了，就要去一个很遥远的省份读大学了。在帮你打点行囊时，我才恍然发觉——你真的长大了，我牵着你的手走路的时候已经越来越少了。如果说你的长大就意味着我的放手，我多么希望你现在仍是依恋我手臂的那个小姑娘啊。

那天，你提出要陪我去书店。我竟有些受宠若惊了，因为最近的这两三年里，我工作特别忙，你也进入了崇尚自由的花季，你更多的时间是与同学们一起聚会、逛街、看电影、吃快餐……你已无需我的手来牵着了。我似乎也在不知不觉间放开了手，任你自由地奔走在青春飞扬的日子里。尽管你在我的眼睛里，依然是一个孩子，一个仍需要关注与呵护的孩子。

走到街口，你一下子挽起了我胳膊，有点儿撒娇地将头靠到我的肩头，旁若无人地和我并肩同行。你的那个亲昵的动作，猛地将我拉向记忆中的从前。那时，我的手是你依赖的船桨，握住了，你便可以抵达所有的彼岸；我的胸膛你是信任的大山，靠过来，你便可以恬然入眠。

而现在，我被你那样有力地挎着胳膊，真切地感受到了一种被年轻带动的力量。没错，你真的已经长大了，而我正一步步地走向苍老。你正拥抱最美的青春时光，而我已开始打开沧桑的画面，而这都是岁月不能更改的法则。

被你温暖地牵着走过长街，我自豪地接受来来往往的行人们的羡慕和赞叹。是啊，有一个这样贴心贴肝的女儿依偎在身旁，还有什么烦恼、苦闷和焦躁不被驱散呢？幸福的真谛，不就是这样与最亲近的人无拘无束地说说笑笑吗？不就是把每一个寻常的日子，都让亲情温润，让爱情滋养，让友情丰富吗？

阳光柔柔地烘烤着前胸后背，我不禁想起了第一次送你去幼儿园的情形：那天，本来我们一路上都说好了，你会听阿姨的话，跟小朋友们一起好好玩。可是，刚一进大门，你就牢牢地攥紧我的手，再也不肯松开，非要拉着我跟你一起留下。我和阿姨费了好半天的口舌，才哄得你撒开了手，可是，一见我转过身，你还是哇哇地大哭起来，仿佛受了莫大的委屈似的。晚上来接你时，你赌气地不让我牵你的手。但出了幼儿园没多远，你的小手便不由自主地伸到我的手里，高兴地向我报告幼儿园里发生的各种有趣的事儿。

走进那家大书店，你径直带着我走到摆放学术书籍的三楼。你知道，惜时的我每次去书店，都习惯把主要时间投放在那里。而你以往每次去，都愿意在一楼的青春读物和四楼的各种学习资料书架前流连。你说你要上大学了，选的是和我当年一样的汉语言文学专业，你说自己读书该上层次、讲品位了，你让我给你推荐一些中文系学生应重点阅读的学术书籍。

难得你有这样的兴致，像一个好学的小学生，对我的指导洗耳恭听，我就不无得意地为你指点迷津了。

买了几本书，你装了一个方便袋，用一只手拎着，另一只手仍牵着我的手，仿佛怕我走失似的。我们就那样悠悠地迈着碎步，走向公交车站。

车来了，我先上去了。只有一个空座了，你把我按到座位上，站在我身旁，絮絮地向我讲述你的大学生活计划。空气中弥漫着你美丽的憧憬和十足的自信，我一下子就想到了自己那已过去了二十六年的大学时光，想起了当年我怯怯地牵着父亲的衣角走进大学校园的情景。

　　哦,我是牵着父亲的手走到今天的。如今,我又牵着你的手,即将把你送进大学校园了。在奔流的时光长河中,那一次次的牵手,有多少关心,有多少期待,又有多少温馨和美好啊……

　　我清楚,此后很长的一段日子里,将是你牵着我的手,徐徐地走在生命的旅途上,尽情地欣赏一路的好景色。依然有期待,有关切,就在我们的十指轻扣时,我能够清晰地听到时光行走的声音,能够听到我和你一样简单而真诚的心声——感谢今生有缘,让我牵着你的手,走过漫漫的人生,无怨无悔。

久久飘逸的馨香

初秋的一个早上，楼前临街的那块空地上，突然出现了一个馄饨摊。摊主人是一对来自乡下的中年夫妇，男人憨憨的，不善言语，女人手脚麻利，嗓门洪亮，六七岁的小儿虎头虎脑，在身边跑来绕去，一家三口围着一个简易的移动餐车，在城市的楼群间经营着一份简单而温馨的生活。

第一次光临馄饨摊，我便被女主人娴熟的手艺吸引住了，只见她一手拿馄饨皮，一手执馅勺，那么灵巧地一抹、一绕、一裹、一捏，一个漂亮的馄饨便包好了，转瞬间，案板上便整整齐齐地摆了一溜煞是好看的馄饨。无需品尝，单是看着那一个个活泼可爱的馄饨，便已口舌生津了。

买一碗煮得浑圆的馄饨，轻轻地搅一下，绿得耀眼的香菜和碗底藏着的虾米翻腾上来，不用放香油，那汤的香味就溢了出来。趁热咬一口皮薄馅大的馄饨，啧啧，真是香而不腻，味道好极了。经顾客们口耳相传，他们的馄饨摊名气一天天大起来，生意很是红火，夫妻两人忙不停歇，小儿也不时地帮着拿个碗、递个勺。

一向吃饭挑剔、不爱吃早餐的女儿，随我吃了一次馄饨，竟喜欢得不得了。每天早上都让我给她买馄饨。去的次数多了，便与那一家人熟悉起来。知道了他们来自很远的乡下，家里的几亩薄地实在难以维持生计了，便出来打工。他们每天凌晨两点便起来，准备好馅料和馄饨皮，早上五点多，便把摊子支起来，直到八点多早市散了，才收拾东西回到租住的小屋。他们也经常赶夜市，只是夜市的生意不大好。

那个周末，领着女儿去馄饨摊，女主人看着女儿手里的一本画报，轻轻地叹了口气。我奇怪始终笑脸盈盈的她，怎么生意好了还有犯愁的事情。她说儿子也该上学了，可不想回乡下的小学去读，问了几所城里的小学，入学的手续挺复杂的，要开许多证明，他们正为儿子的上学问题犯难。看到正与女儿玩得其乐融融的小家伙，我热情地说我来帮他们。女主人立刻欢喜地连连道谢，说真是遇到贵人了，坚决不肯收我的馄饨钱。

我找了市教育局、工商局的同学，几经波折，终于在开学前把各种上学的手续办好了。女主人执意地要给我塞钱，说帮了这么大的忙，他们应该花些钱的。男主人也说应该多拿些钱给我，说他们花钱也不知道该怎么办。我自然不能收他们的钱，笑着打趣道："是因为你们美味的馄饨，我才心甘情愿地帮助你们的。"女主人豪爽地说："那以后，你就带孩子天天来吃馄饨吧，全部免费。"

我笑了："那可不行，你这小本生意，是一家子的生活来源呢。"

夫妇二人几乎异口同声地："没关系，你的大恩，我们不知该怎么感谢呢。"

再去馄饨摊，他们执意不肯收我的钱，任我怎样据理力争，他们说什么也不接我递过去的钱，他们说若是收了我的钱心里会不安的。没有办法，再去买馄饨时，我便把女儿的课外书、学习用品拿了一些，送给了他们的小儿，还把两件只穿过一次的衣服，以旧了要淘汰的名义送给了他们。不久，他们竟从乡下给我背来一大桶蜂蜜、一大包木耳还有一大口袋五谷杂粮。男主人把东西扛上楼来，腼腆道："都是家里的老娘让我拿的，说我们碰上了好心人，要当亲戚处。"

"是亲戚了，以后就不要这样客气了。"我的心里暖暖的。

后来，我又帮他们联系到一个离市场更近、更便宜的出租屋，还在领着女儿去公园、科技馆时，把他们的小儿也带上。两个孩子玩得开心，交流得愉快，彼此取长补短。女主人经常骄傲地告诉人们："真是幸运，我们这样没什么能耐的乡下人，也能在城市里攀上这么好的亲戚。"

可是，我要说，正是他们对生活的那份热忱，他们的质朴和勤劳，不知不觉地感染了我，让我更加热爱烟火味十足的朴素生活。我给了他们一点点，他们却回馈给了我许多。

又一个冬天来了，因工作调动，我要搬家了，从城市的南边搬到北边。离开朝夕相处的他们一家，我心里酸酸的，是难舍的依恋。他们心里也不好受，连着两天没出摊，帮助我搬家、收拾新居。

那天早上，我刚走到阳台前，熟悉的叫卖声便传上楼来。哦，真的是他们。他们怎么把馄饨摊移到了这里？要知道，那边有很多回头客，生意好着呢。

女主人握着我的手："我跟孩子他爹说了，你搬到哪里，我们就把馄饨摊摆在哪里，让你喜欢的香味追着你。"

香味缭绕的热气中，我的眼角一阵灼热，我知道有一份特别的馨香，会永远地飘在我的生命中。

谁知道他的冷和暖

在喧嚣的街头一角，坐着一个独臂的乞讨者。他看上去有六七十岁了，须发斑白，虽穿着一身旧衣粗衫，但很干净、很合体，他看上去精神也不错，没有一点儿别的乞讨者常见的蓬头垢面、无精打采的萎靡状，尤其是他那布着血丝的眼睛，仔细端详，里面竟有一种说不出的深邃。最特别的是，老人面前摆着一个纸牌，上面用红笔写着"募集爱心，点燃希望"。

那真是一个有点儿特别的乞讨者，他没有任何关于痛苦、悲惨遭遇的倾诉与表白，没有任何渴望同情与怜悯的吁请，他那一脸不卑不亢的坦然，和阳光中的那个特别的纸牌，似乎都在告诉着过往的行人，他在认真地干着一件很神圣的事情。虽然他面前的纸盒里，也只是散落着不多的一点点碎币，老者仍是一副信心在握的样子。

他在为谁募集爱心呢？他要为谁点燃希望呢？也许是人们平时见多了乞讨者打着各种旗号赚取同情的情景，以为眼前的老人也不过是笨拙地模仿而已,许多人从他面前漠然地匆匆走过,不愿或不肯停下脚步,更不要说上前去问询或倾听一点儿什么了。

那天,我坐在离老人不远的台阶上等一位朋友,手里的一份晨报翻阅完了,朋友仍没有出现,我便打量起眼前的这位老人。忽然,老人微笑地问我,可否看一下我手里的晨报。我大度地说送给他好了,他便道着谢接过报纸认真地读了起来,他那副十分投入的样子,很像公园里那些悠然的退休老干部。

"哎呀,那边又下大暴雨了。"老人突然的大声惊讶,引来几个行人奇异的目光。

"这个季节,大暴雨哪里都可能下的。"我对老者的大惊小怪很有些不以为然。

"你可是不知道大暴雨对我们那里的危害有多么大,要不是去年那场大暴雨,我也不会到这里的。"老人对那场大暴雨还心存余悸。

"是吗?"我曾在电视上看到过许多大暴雨肆虐的画面,其巨大的破坏性,我能够想象得出来。

"我这样跟你说吧,我老家是十年九灾的地方,几乎每年都要遭受水灾,房屋毁了盖、盖了毁,好几十年了,到现在还没有找到彻底解决的办法。"老人的话匣子打开了。

"那就搬迁嘛。"我轻描淡写地建议道。

"故土难离啊!"老人接着跟我讲他家乡那块土地是多么富庶,讲那里曾出过什么样的历史名人,讲村里的人多么善良、能干,讲村里的人怎么跟洪水搏斗等等,老人不紧不慢地向我讲述着,语气里面洋溢着由衷的自豪。其实,对于他讲述的这类内容我早已熟视无睹,已没有多少倾听的兴趣了,可老人仍谈兴十足地絮絮地向我讲他的家乡如何如何,声音也越来越大,我开始有些厌烦地看表,希望我的朋友此刻马上出现。

"唉，可怜那些孩子了！"老者大概看出了我的不耐烦，突然转了个话题，但又戛然而止，脸上是显而易见的焦虑。

"孩子怎么可怜了？"我一愣，随即抛出这个疑问。

"你不知道，因为穷困，很多孩子上不起学，五十元钱的学费，有时就可能让一个学习不错的孩子被迫辍学。作为特残军人，我的抚恤金本来够我生活得很好了，可一看到那些失学的孩子，我的眼睛就疼啊，你说我还能在家里呆着吗？没有别的办法，我就能这样给孩子们募集一点儿学费了。"老者忽然有点儿羞愧地低下了头。

哦，原来如此！

我的心像被什么东西猛然撞了一下，我的目光再次掠过阳光中的那个小纸牌，并将眼前的老人与那幅非常熟悉的"希望工程"宣传画联系起来。纸牌上的八个字像跳跃的火苗，灼痛我的眼睛，我忙掏出兜里仅有的一百元钱，恭恭敬敬地放到老人面前的纸盒里。

老人拉住我的手问我的名字，我连忙说不必了。老人坚决不肯，他掏出一个本子，上面工工整整地记着一排名字，每个名字后面写着捐钱数目。老人告诉我："我是在募集爱心，不是在乞讨，凡是捐钱超过五元钱的，我都要记下来，我要让那些受捐助的孩子懂得感激，记得回报。"

"是的，您绝对不是一位乞讨者。"望着老人那只空荡荡的臂管，一股英雄的崇敬感油然而生。

走出好远了，我仍禁不住回头望去，望望阳光中那位老人。在这座繁华、喧闹的大都市里面，很少有人愿意停下脚步，来倾听一位陌生老人的故事，相反，由于某些先入为主的偏见和误解，人们常常会不由自主地投出一些漠然，就像生活中有许多不该忽略的，却常常被人们忽略一样，其实，在老人的故事里，正藏着让我们心疼的冷和暖。

很多时候，如果我们能够停下脚步，能够再耐心一点儿，能够细心地问询或倾听一些，我们就会惊讶地发现，就在那些被世俗的叶片遮蔽的枝头，有着许多纯净、可爱的果子，那上面闪烁着美丽的光泽，袒露着生活的充实与美好。我们应该像热爱阳光一样，热爱生命旅途上那些点点滴滴的温馨与美丽……

第六辑 爱的温馨：与你暖暖地相遇，与我美美地相知

陪你走一程

上高中时，家住松花江北岸的我，每天都要步行穿过那座横亘在大江上的1500多米的钢铁大桥，去南岸桥边的虹桥中学。

高二那年，我班转来一个叫樱子的漂亮的女孩，她寄住的舅舅家和我家恰好是邻居。于是，我们很自然地结伴同行。

那座火车专用的大桥，平时很少有行人经过。和一个自己喜欢的女孩，并肩走在那条窄窄的通道上，清凉的江风拂面而过，铿铿的足音，在空阔的钢铁大桥上回响。这时，我总会情不自禁地联想到一些浪漫的故事。

那天，两人并肩走在大桥上，樱子说她想起了影片《魂断蓝桥》，于是，两人聊起影片中感人的爱情故事，禁不住高声唱起那里面的主题歌——《友谊地久天长》。

是的，就在每天穿梭于钢铁大桥时，有一份美丽而朦胧的情感，正在我们彼此的心中潜滋暗长着，谁也不曾说破，但从彼此的眼中，已能读懂那份花季特有的情思。

然而，高三那年的春天，给我带来无数快乐与遐想的樱子随她的父母去美国读书了。

樱子走了，在草长莺飞的时节，我吟咏着伤感的诗句，在春风中踯躅着。

周末的一天，满怀忧郁，我又独自来到那座日日走过的钢铁大桥边。坐在桥头，望着悠悠远去的江水带走我清纯无比的初恋，却带不走我内心里那无尽的伤感。

"哎，这位同学，我陪你过江桥怎么样？"一个很清纯的女孩不知何时站在了我面前，微笑着望着我。

"是你自己胆小不敢过桥，要我陪你吧？"我戳穿她的小聪明。

"看你一个人寂寞地坐在这里，不如我们一起走一程。"女孩伸手做了一个不容拒绝的邀请动作。

于是，她前我后踏上了空寂的江桥，铿、铿、铿、铿……钢铁大桥上立刻回荡起响亮的足音。

"喂，别在后边磨蹭，我们并肩而行，那才像一对朋友。"女孩热情地招呼我，努力地朝边上靠靠身子，友好地让我挨近她。

"谢谢你把我当作朋友，要不我可不会跟你走的。"看着她使劲跺着脚把钢桥踩得震响的快乐样子，多日积淤在我心头的惆怅，已陡然拂去了许多。

"我也要谢谢你，有缘与你同行，这是我第一次走上这座桥，也许还是最后一次呢。"女孩笑靥如花。

"如果你愿意，我会再做一次护花使者。"和她走得那么近，时光似乎让我重新回到了与樱子同行的那些日子。

"那就要看缘分了，啊，前面来火车了。"她有些紧张地抓住我的胳膊，生怕被火车撞着似的，其实我们与火车是隔着坚实的护栏的。

　　轰隆隆的列车迎面驶过,整个江桥都被震颤得仿佛要摇晃起来,女孩下意识地双手捂住耳朵,闭上眼睛,紧紧地靠在我的胸前,呈一副小鸟依人的可爱相。我也站住了,舒展双臂,像呵护自己的小妹妹一样拥住她。

　　那不经意间发生的自然的一幕,我和樱子曾多次经历过,这一日是再度重演。我感觉到女孩的心脏与我的心脏相叠在一起,怦怦地跳着,难道又有一个浪漫的故事要发生吗?

　　列车呼啸着远去了,两个人又恢复了刚才的距离。

　　"我们刚才是不是挺像一对恋人的?"我的心情灿烂起来。

　　"别想入非非了,走完这一程,我们就各走各的了。"

　　"那我真希望这座桥再增长十倍,能告诉我你的名字吗?"

　　"别那么俗气了,有缘还会相见的,记着某一个秋天,曾有一个女孩陪你走过一程就行了。"她微笑中透着一丝可爱的顽皮。

　　虽说相识只有短短的十几分钟,可我对女孩的好感已经强烈起来,想到她就要像一阵风似的从我身边走过,一缕怅然滑入心扉。

　　"想什么呢?我们的旅途结束了。"女孩轻轻一推,打断了我的思绪,我才蓦然发现不知不觉中我们已走过长长的江桥。

　　"谢谢你陪我走了一程,我要到前面换乘公共汽车了,再见。"女孩蹦蹦跳跳地过去钻进一辆公共汽车,从我的眼前消失了。

　　站在桥头,思绪还沉浸在刚才那十几分钟的情景中,猛然,我的心底涌入那五个灵动的字眼——"陪你走一程"。是的,樱子与我互相陪伴着走过了一段青春如诗的路程,不知名的女孩又陪我走过拂去落寞的一程,这些都是应该心存感激、应该珍视的缘分啊,而不应更多地求全责备,更不应抱怨什么。

　　哦,谢谢不知名的女孩,让我走出了秋日的忧郁,变得更加成熟。

你是我的好兄弟

在那个飘雪的冬日，一位出版了十几部作品的农民作家，深情地向笔者讲述了自己写作道路上经历的一些真实故事——

因为家里太穷了，我高中没有读完，就出来打工了。最初是在饭店端盘子、洗碗，可是，在饭店打工挣钱太少，年龄稍大一些，我便去做油漆工、装卸工、搬运工、修路工等等，尝试了各种各样的重体力劳动。虽然累一些、脏一些，可我不在乎，只要能多赚一点儿钱就行，因为我那个穷困的家庭，特别需要我每个月都能多拿回一些钱去。

后来，进城打工的人越来越多，我很难找到一份相对稳定的工作，一段时间里找不到合适的活儿，是常有的事情。空闲时，我便找一些报刊翻阅，翻着翻着，我萌生了写作的念头，因为我在杂志上看到一个比我读书还少的农民，竟成了作家，还找到了一份好工作，依靠写作彻底改变了自己的命运。我也幻想着能够像他那样，用一支笔写出自己更好的未来。

原来上学的时候，我就挺喜欢写作的。这突如其来的愿望，让我立刻充满热情地拿起笔来，开始书写这些年来的苦辣酸甜。听说我要写作，父母叹息着直摇头，说我太不务实了。一同打工的那些人，见我一有闲暇，不是抱着一本书，就是在琢磨着文章的构思，或者拿着笔在一个小本子上不停地记呀写呀，也大都不屑地看我，不相信我能写出像样的东西，更不相信我能实现作家梦。甚至有人直截了当地说，像我这样出苦力的人，要是能吃写作这碗饭，那作家就遍地都是了。还有人相互打赌，说我连能够发表的文章都写不出来。

对于大家的怀疑和嘲笑，我一开始还能理解，心里也憋着一口气，想尽快用行动证明自己。我勤奋地写作，写好了稿子便投寄出去了。但好长一段时间，寄出的稿子，大多泥牛入海，杳无音讯，偶尔有一封回信的，也是告知退稿。

遭遇了一连串的失败后，我自己也有些动摇了，暗想：当初选择写作是不是有点儿脑袋发热？是否该像那些靠卖力气和手艺的打工者一样，安心地去干体力活儿，不再做那缥缈的作家梦。我正为自己是继续写下去还是就此放弃犹豫着，一位亲戚说他认识在市残联工作的一位女诗人田莉，说她发表了许多文章，对文学青年很热情，人们都敬重地称她田大姐。亲戚让我把写的东西拿去，让她看看我有没有写作的潜力，是不是当作家的料。

我拿着一大摞手稿，忐忑不安地走到田大姐面前，她微笑着请我坐下，跛着脚给我倒了一杯水，然后仔细地翻阅了那些文章。读毕，她目光柔和地夸赞我的感受力不错，悟性很好，有一定的写作潜能，只是在写作技法和语言方面还有些欠缺，但可以通过努力去弥补。她说只要我坚持下去，一定能够写出好作品。她说以后遇到写作方面的问题，可以随时来找她，我们可以一同切磋。她还建议我先练习写故事，然后再写小说。

田大姐最让我感动的一句话是——"兄弟，我相信你。"抱着田大姐送给我的杂志和稿纸，我兴奋得几乎都要跳起来了。田大姐的鼓励和指点，不仅让我找到了写作的方向，更坚定了写作的信念。

从那以后，我每有新文章写出，就拿给田大姐看。每一次，她都会认真阅读，先肯定成功之处，又帮我找出问题，引导我去改正。尽管她工作很忙，自己还要写作，但我每次到她那里求教，她都会热情接待我，不厌其烦地为我解答写作中的一些困惑。她还帮我买了一台二手电脑，手把手地教我学会了打字。市里有一些文学活动，她也总想着带我去参加，让我认识了更多的写作者，从他们那里学到了好多东西。我这个饱尝了太多冷漠的农民工，在田大姐那里获得了一生不会忘怀的温暖。

还记得我的第一篇文章在市报的副刊发表后，田大姐比我还兴奋，她特意请我吃了一顿烤肉。我不好意思地问她，碰上我这样一个穷兄弟，她为何没有一点儿嫌弃？她笑着说："谁叫我是你田大姐呢？兄弟，我相信你将来一定会有出息的。"

我激动地说："田大姐，就冲着你这句话，我也一定会加倍努力的。"

在田大姐的帮助下，我的文章开始在省外的一些报刊上发表了，我身边那些打工的兄弟姐妹开始对我另眼相看了，虽然我仍是一个穷困潦倒的打工者。

那年，省城要举办一个作家高级培训班，我很想参加，但名额有限，而且要花一笔对我来说不小的费用。田大姐找了人费了很大劲儿，帮我争取到一个学习的机会，她还给我拿了八百元钱。那时，她每月工资还不到四百元钱呢。

我不肯拿她的钱，她就说算是先借给我的，但不用急着还她。

我满怀感激地收下了她那沉甸甸的情意。后来，我要把钱还给她，她开玩笑地说，若是非要还钱，那就连本带息地好好精算一下吧。我只好作罢。是的，她当初拿钱给我时，根本就没想过要我还钱，她只想让我早一点儿成功。那份真情，多少钱也换不来。

　　还记得，我的第一部长篇小说写成后，她拖着那条伤残的腿，四处奔走，帮我联系出版社，去找省钱的印刷厂，比自己的事还上心。

　　那个雪后的清晨，她去找人帮我设计书的封面，在路上滑倒了，摔伤了右胳膊，两个多月都不能拿笔。我眼睛湿润地说自己真幸运，遇到了这样好的姐姐。她说她欣赏我的朴实和勤奋，还说有我这个好兄弟，她也感到很开心。

　　看到我的书籍摆到了书店的柜台上，父亲兴奋地喃喃道："想不到，我这出苦力的儿子，也能写出书来啊。"父母让我好好感谢我的文学领路人田大姐。可是，我每送给她一点点东西，她都会加倍地回赠我。她说，我的成功是自己闯出来的，她只不过做了一点点微不足道的事情，不要总是怀揣感激，那样，我们就无法做好朋友了。后来，我就送给她一些父母种的绿色蔬菜，她很喜欢，但她又送了我茶和酒，说是送给我父母的，并称这是互通有无。

　　现在，田大姐搬到广州和女儿生活在一起了，离我所在的小城有4000多公里。我每有新作发表，都第一时间向她报告，每有新书出版，都第一个给她邮去。因为她的那一句"兄弟，我相信你"，让我在写作之路上走了下去。在我生命的历程中，她的那双深情凝注的眼睛，让我一路温暖地前行。

　　我一直在心中默默地说，谢谢你，田大姐，我会努力做你一生的好兄弟。

　　"真羡慕你，能够拥有这样一段美好的经历，真是生命中的幸福。"笔者情不自禁地想起了温暖自己生命的那些兄弟姐妹，想起了许多温馨的往事。

真好，我们每一个人都可以在生活中，遇到那么多心灵相通的朋友，都可以骄傲地告诉别人"那是我的兄弟"，也可以真诚地说"兄弟，我相信你"。有时，亲切地叫一声兄弟，会温暖整整的一生。

第六辑 爱的温馨：与你暖暖地相遇，与我美美地相知

美丽的土豆

那会儿，家里穷得叮当响，父母辛勤劳作一年，连全家的口粮都挣不够。可我偏偏又喜欢读书，念完了初中，又考上了县城的高中。于是，全家人勒紧腰带供我上学。

能继续读书，我已心存感激，怎能再让家人为我受苦？我暗暗地给自己订了一个最低的伙食标准：早上不吃饭或者只喝两碗稀溜溜的粥，中午就着咸菜吃三两大馇子干饭，最少时每天仅花五毛钱。

如此"节俭"自然无法糊弄肠胃，常常是上午第三节课后，肚子开始咕咕地叫唤着提意见了。先是抱着肚子忍耐，实在忍不住了，便跑到自来水龙头跟前，咕咚咕咚灌些凉水对付一下。

好容易盼到开午饭了，三两大馇子干饭兑多半饭盒开水，畅快淋漓地打扫得干干净净，然后，回到教室接着看书。那会儿，我很少运动，主要是为了节省点儿能量，让肚子里那有限的一点儿粮食能多支撑一会儿。

那天上午，我的肚子又闹情绪了，难受得我坐卧不安。这时，坐后面的女生李素洁悄悄地从桌子底下塞给我一个蒸熟的土豆。奇怪，握着那个圆圆的土豆，饥饿竟减轻了许多，直到午饭吃过了，那个土豆还没舍得吃掉。

来自乡下一向腼腆的我，平时跟女同学说句话都要憋得脸通红，更不要说跟家住县城里的李素洁深入地交往了。记得下课时，我是慌乱地冲着她微微一笑，算是表达满心的感激了。

没想到，此后她又接连好几天偷偷地在我的书桌里塞进一些吃的东西，什么烤土豆、发糕、烧饼、李子、沙果等等，有一回竟是一小把红润润的花生豆。

她虽然没有送我什么精美的食品，送得最多的是土豆，可那在我看来却已是美味佳肴了。我不能安然受之，便问她将吃的给了我，她的午饭怎么办。她说她吃得少，有一点儿就够了，还说让我帮帮她，她正在减肥呢。

其实，她几乎算得上是班级里最苗条的女生了。面对她纯洁的双眸和善意的谎言，我只能感激地道声"谢谢"，同时劝她以后不要再给我吃的东西了。她摇摇头，说她非要给的。

后来，她真的每天都要送给我一点儿吃的，渐渐地同学们都知道了这件事，就有同学打趣道："她是不是喜欢上你了？要不怎么单给你吃的？"我自然不承认，不过有时在心里也想，她可能不止是因为不忍看着我饿肚子吧？这样想着，一种说不出的情愫便潜滋暗长起来，再看她的眸子里，似乎也闪着一丝朦胧的情思。但我不敢过多地去想，我怕亵渎了她那份心意。

那天中午，她约我去操场僻静的一角。两个人坐下来，她打开那个花书兜。哦，里面满满装的都是烤土豆。

她说："今天我们来个烤土豆宴吧，尝尝我的手艺。"

"你烤的？香味都出来了。"我边说边拿起一个，剥去外边那层薄薄的皮，看着里面已烤出的一层焦黄的皮，口水都流出来了。

"嗯，早上烤的，快吃吧。"两个人津津有味地吃着烤土豆，随便地聊了起来。于是，我知道了她家离学校挺远，每天骑自行车要走半小时，中午要带饭。后来从同学那里我还得知她家境也相当困难，一点儿也不比我好。

当我很感激她给我拿吃的东西时，她轻描淡写道："不过是几个土豆，只要你不嫌弃就行。"

"我哪里敢嫌弃？说真的，这对我来说已是最好的东西了。"看我大口地吃着她的烤土豆，她笑了。

只是没有想到，不久她就随父母搬迁到南方去了，我们从此断了联系。

后来，我考上了大学，在一次全国性的征文大赛中，我的那篇散文《美丽的土豆》获得了特等奖。我以为那完全是意料中的结果，因为那些美丽的土豆，记录着让我一生感恩的往事，浸润着缕缕温暖心灵的爱意……

难忘那一语暖暖的问候

那天，要去很远的一座城市采访。

不巧赶上列车晚点，我将手里的两本杂志翻完了，仍被广播通知要等待一个小时。焦灼、无奈中，我开始将目光投向来来往往的乘客。一个靓丽的女孩吸引了我的视线，她衣着考究，一举一动透着一缕特别的气质，正是我经常在影视中见到的某个大公司的白领丽人一族。

坐在我的对面，她轻轻地抚弄着一个小巧的坤包。蓦然，她垂下头，双手掩面无声地啜泣起来，仿佛沉浸在巨大的悲伤中，许久不曾抬头。

也许是动了怜香之意，一向极少与陌生女性交往的我，走到她身边坐下来，从旅行袋里掏出纸巾轻轻地塞到她的手里。她泪眼婆娑地整理了一下垂至胸前的秀发，冲我微微点点头，算是打了招呼，尔后又陷入伤感的氛围里。

"如果有什么伤心的事,也许哭出来更好。"我提醒她。

没想到她竟侧身伏到我的肩头,毫不掩饰地大放悲声,引不少人好奇地驻足观看。

就在她的泪雨纷扬中,我真切地感受到了她的纯真、质朴。

十几分钟后,她拭去泪痕,向我羞涩地一笑:"谢谢你,我没事了。"

"没事就好,刚才看你那样子,好像是……"

"你不知道,我在那家外资公司里上班多么的紧张,心里好压抑,常常莫名其妙地想一个人痛痛快快地大哭一场,可每次又都忍住了。今天,是你的那一句话,让我终于彻底地轻松了一回。"她脸上重现的笑意,和刚才那伤心欲绝的神态真是判若两人。

两周后,等我采访归来时,在我的办公桌上放着她的一纸薄笺,上面是两行娟秀的楷字——"谢谢你,谢谢你的那一语真正的问候,你让我懂得了怎样爱自己、怎样爱别人。"

默读时,一缕暖意油然而至,我又想起了刚毕业的那年冬天里的发生的事——那天,我正为大学毕业分配的单位不理想、几次跳槽都没成功烦恼不已,又因工作不认真,挨了领导的几句批评。苦闷之中,我独自喝了许多酒,直到午夜时分,还在街头踉跄着。

是一位卖烤地瓜的老人拉住了我,他拨了拨炉中的炭火,热情而自信地问我:"小伙子,有什么不痛快的事儿,跟我说一说,我给你参谋参谋。"

就在那个飘着零星雪花的冬夜里,我竟真的对着那个60多岁的陌生老头,一五一十地倾诉了心头压抑了快一年的苦闷。

令我惊讶的是——一股脑地倾诉完了,我心里竟换来一片平静,甚至没用老人一句安慰,我就知道接下来该做什么了。

真的,从那个难忘的冬夜后,我仿佛整个地变了一个人,工作中再不挑肥拣瘦，再不抱怨什么，一心教书、写作。不久，我不仅成了学生喜欢的老师，调到了一所理想的大学，还发表了大量文章，成了一位作家。

是的，在我们的生活中，经常会接到来自他人的或许认真、或许是不经意的一句问候，但因为那一份袒露的关切里面，充盈着无限的真诚和爱意，常常让我们情不自禁地将平素封闭得很紧的心扉打开，在一番淋漓尽致的情感宣泄后，我们蓦然懂得了许多生活的真谛。

正是那似乎微不足道的一语问候，凝聚着纯洁无瑕的爱，拂去了我们心灵中的阴翳，让我们真切地感受到生活里更多的是阳光灿烂。

第六辑 爱的温馨：与你暖暖地相遇，与我美美地相知

第七辑

爱的幸福：爱在，每一天都是有情天

幸福不在遥远处，就在你的身边。只要你听从心灵的召唤，亲手搭一座爱的小屋，你就会惊喜地发现，自己正被那么多的美好簇拥着，自己正是世间最幸福的人，播下的是幸福，采撷的也是幸福。

爱谁都好

凯瑟琳是一位年过七旬的芬兰老太太。

最近几年,凯瑟琳一直在给中国西部山区的孩子们捐赠书本和衣物,她的每一份捐赠的署名,都是"爱与你们在一起"。

一位新华社记者,偶然得知了凯瑟琳的善举,希望能够通过越洋电话采访她。可是,不管记者如何诚恳地请求,她都固执地谢绝采访,她的理由是:自己喜欢给别人一点儿爱,也仅仅是给了一点点的爱,不值得宣传报道。

今年春天,那位心生敬意的记者以一位游客的身份来到芬兰。记者来到凯瑟琳的家乡,邂逅了已79岁的老人。

凯瑟琳独自居住在一片茂密树林里的一栋小屋,屋前有条潺潺的小河,屋后是一条往来车辆不多的公路。

退休后,她一直住在这里,她收留了好多小动物,它们给了她许多快乐。她原先驾驶过一台老旧的别克车,三年前报废了。

现在，她每周要搭车去10公里外的一个小镇购置生活必用品。

其实，她原本可以去首都赫尔辛基，与当法官的女儿一起安享晚年幸福时光的。但是，老人始终放心不下自己收养的那五只流浪猫和两条流浪狗。还有树林里一些需要帮助的鸟，每到大雪纷飞的日子，她都会为它们撒一些早早准备好的食物，帮它们抵御严寒。

虽说她多年远离繁华的都市，她的心却牵挂着五湖四海的人们。近10多年来，她为非洲的难民捐过衣物，为阿富汗被地雷炸伤的村民寄过药品，为遭遇地震的海地灾民邮寄过帐篷。每当在电视里看到受灾的人，她总想帮一下。尽管她的退休金并不高，有限的积蓄已几乎全都捐了出去，但她还是愿意伸出援助之手，虽然很多人并不知晓她的名字，不知道她的生活境遇。

当记者问凯瑟琳："为何自己那样省吃俭用，还要去帮助远方的那些人？"

"因为他们需要爱。"老人平静地回答。

"你爱那些小动物，爱身边的人，这都容易理解，可那些如此遥远的素昧平生的人，为何还要去爱呢？"望着满头银发的凯瑟琳，记者还是有些不解。

"爱谁都好，不管远近。"凯瑟琳脸上有神一样的慈祥。

原来如此！

陡然，记者的心似被什么东西重重地撞了一下，有些疼，有些暖。

是的，我们许多人的爱，往往是范围比较小，而胸藏大爱的凯瑟琳，却视野开阔，能够发自肺腑地爱上每一个需要爱的对象，无论爱谁，满怀的都是幸福。

幸福着他们的幸福

那天,在商城的一间饰物精品屋,偶然撞见一件装饰笔记本电脑的布艺品,先是惊讶创作者的慧眼独具,竟想到要给电脑专门配一个漂亮的装饰,继而更赞叹创作者的慧心与巧手——看似普通的一块棉布,就那么简单地裁剪几下,再用五彩丝线编绘出简洁、别致的图案,看着赏心悦目,用起来方便、舒适。

真是一个构思奇妙的佳作。我毫不犹豫地一下子买了两个,自己留一个,另一个送给爱好收集各类与众不同的艺术品的好友巍子。

我在电话中向巍子兴奋地报告自己的意外收获,巍子笑着直夸奖我"挺有审美眼光的",我得意地告诉他,那当然了,我好歹也算是一个作家,总得有些慧眼识物、识人的特别本领嘛。

"想认识一下它的作者吗?"巍子突然开始吊我的胃口。

"当然想了,难道你认识?"我竟有些急切。

"岂止是认识啊?我们还可以称得上是朋友呢,她就住在市郊我表妹家的后院,明天我就带你去她那里。"巍子的语气里透着骄傲。

"那好,我们明天就去拜访你的这位艺术家朋友。"嘴里答应着,我丰富的想象已开始轻舞飞扬了。

在路上,我惊愕地得知马上要见到的是一个叫悠然的女孩,她今年20岁,因患有先天性肌肉萎缩症,她已被困在轮椅上15年了,现在腰部以下肢体僵硬得已没有丝毫的感觉。

"真是一个不幸的女孩!"我不无同情地慨叹。

"她的确是一个不幸的女孩,可是,她一点儿也不比我们缺少幸福。"巍子眼睛里流露着明显的敬佩。

"哦,是么?"我猜想着她的样子,更急切地想见到她了。

悠然的小屋装饰得像一个美丽的童话世界,大大小小、形形色色的各种精巧的饰物,被她锦心绣手地看似那么不经意地一组合、一搭配,竟胜过了许多奇妙无比的天才设计。

坐在轮椅上的悠然,生了一张白净的娃娃脸,乌黑的秀发上别着一个红色发卡。我们进屋时,她正在电脑前津津有味地欣赏世界田径锦标赛转播。

"你还喜欢体育节目啊?"从巍子那里我得知她爱好广泛,爱读书、爱唱歌,喜欢绘画,喜欢编织各类手工作品。

"还不是一般的喜欢呢,可以称得上是酷爱了,几乎所有的体育比赛,我都愿意看。"她的眸子里闪烁着纯真的光泽。

"为什么?"我有一点儿不解,因为她身体的与众不同。

"因为我不能奔跑,不能跳高,不能跨栏,不能投掷……可是,我可以欣赏那些参与体育运动的人们,可以感受他们伟大的梦想、顽强的拼搏、收获的喜悦以及痛苦的遗憾,看着他们幸福地运动着,我心里也是幸福的,因为我在幸福着他们的幸福。"悠然轻轻地给出了我意想不到的美好答案。

"幸福着他们的幸福"，多好的选择啊——自己不能拥有，就欣然地关注他人的拥有，梦想着他人的梦想，快乐着他人的快乐，每一寸心田都绽放幸福的花朵，由此，简单的小屋便连通辽远而广阔的世界，每个日子都洒满了温馨的阳光……抱着这样的情怀，在人间行走，一生簇拥的，必然是绵绵无绝的幸福。

第七辑　爱的幸福：爱在，每一天都是有情天

白桦林之恋

那是遥远的故乡，低矮的山岗上，散落着一棵又一棵的白桦树。

正值豆蔻少年，我常常在落叶金黄的秋天，一个人跑到幽静的山岗上，坐在那个裸露的巨大树根上，倚着一棵高大的白桦树，沉浸于情节曲折的小说之中。倦了，便以书作枕，躺在那吸纳了阳光的柔软的树叶上，仰望蓝蓝天空中那一朵一朵的白云，一任思绪悠悠。

那是20世纪80年代初，我读书的乡村中学破败不堪，升学的前景极其渺茫，不少学生断断续续地离开了学校，没走的也大多是"三天打鱼两天晒网"，学习空气稀薄得淡出水来。偶尔还能用功读读书的，只有李虹、韩晓旭和我，但李虹喜欢的是言情小说，我则迷恋武侠小说，唯有韩晓旭爱捧着课本，背啊，算啊，是一个很特殊的"另类"。

那天，李虹悄悄地跟我说，你带我去山上一起读书吧。我看到她脸上有一抹好看的红霞，那件花格的小衫好像刚刚洗过，有淡淡的肥皂味，很好闻。

我和你？那样不好吧？我支支吾吾。一个17岁的女孩，与一个同龄的男孩上山，虽然算不上什么大惊小怪的事，但我毕竟囫囵吞枣地读过不少小说，知晓不少情啊爱啊之类的故事，心里偶尔也会荡起一些情感涟漪，而李虹似乎比我懂得更多。

我们可以分开走，你在前面走，我悄悄地跟在后面。李虹似乎早已有了充分的考虑，她那双可爱的大眼睛热切地望着我，令我不忍拒绝。

那好吧，但你一定要保密，不要跟其他人说啊。我提醒她，那一刻，我想若是韩晓旭让我带她到山上读书，我一定会愉快地答应的，但她从来不说，她好像已陷入了那些我已疏远的课本里，痴迷得有些发傻了。

我听你的，九点准时出发，我先回去拿书了。李虹像一只快乐的小鸟跑开了。

十几分钟后，围拢小村的那些庄稼地便被甩开了。走了一段杂草萋萋的山间小径，我回头看到李虹不远不近地跟在身后，看看前后左右空无一人，我便停下来冲她摆手，她便小跑到我身边。

背那么大的兜，里面装的是什么？我指着她背上那个花布兜好奇地问道。

小说，干粮，还有水。她好像是去旅游，两条小辫上还用红绸子扎了漂亮的蝴蝶结。

哦，这里风景好迷人啊！怪不得你喜欢到这里看书。李虹兴奋地奔跑在白桦树之间，摸摸这儿，拍拍那儿，像初进大观园似的，瞧哪里都惊奇和欢喜。

这是我发现的"世外桃源"，你千万不要告诉其他人啊。我骄傲地看着李虹，看着她一脸的崇拜，有一种很舒服的感觉，像微微的山风轻轻拂面。

哎，将来你想干什么？李虹拿出她总是看不完的港台作家的言情小说。

我准备去当兵，最好能到大西北，或者是海南，越远越好。小说里面的那些我喜爱的飘逸如风的侠客们，给了我仗剑走天涯的梦想和激情。

可惜，不在咱们农村招收女兵。李虹不无遗憾地慨叹，转而一笑，若是有机会去当演员也挺好的，我有一个表姐，就是演员，挺轻松的，还可以到处走走。李虹的语气里满是羡慕。

好好地做梦吧。我摊开书，心想：谁将来如果娶了李虹也不错，她有着农家女孩的聪明和勤快，还有一些可爱的天真和浪漫。

李虹忽然将书扔到厚厚的落叶上，趴在那里，翻拣一枚枚形状怪异、颜色鲜亮的叶子，细细地察看，像一个认真的植物学家。

哦，我的眼睛迷了，快来帮我看看。李虹忽然冲我喊道。

眼睛怎么会迷？也没起风啊？我放下书本，蹲在她面前，看着她慢慢地翻着上眼皮。

帮我吹吹，好磨得慌，是不是有灰尘落进去了？有泪水从李虹的左眼滚落，我却没看到任何不洁物。

你帮我翻翻眼皮吧。李虹躺在那里向我求援。我迟疑了一下，便跪在她头前，俯下身来，笨手笨脚地帮她翻眼皮。失败了好几次，好容易翻开了，在那红红的眼睑和黑黑的瞳仁上，都没有发现异物。

没有，什么都没有。我失望地想直起身来。

再好好看看嘛。李虹撒娇，两只手慢慢地环住了我的腰，那么轻轻一拉，我的脸便一下子贴到她红扑扑的脸上。

那一刻，整个世界都沉入了一片静谧之中。只有眩晕的两人贴紧的唇，彼此怦怦的心跳和那激动的喘息，在白桦丛中清晰地响着。

不知过了多长时间，两人坐起来。李虹摘下扎入头发的树叶，羞涩地说她一直在暗暗地喜欢我，现在知道了我也喜欢她，她说自己感到特别地幸福。

什么？我也喜欢你？我怔怔地坐在那里，恍若梦中一般。

是啊，你刚才亲了我，就表示你喜欢我，以后我就是你的人了。李虹如释重负地帮我擦掉头顶的汗珠。

可是，可是……我想说我虽然挺喜欢她的，可心里丝毫没有娶她的打算呀，之所以没说出口，是因为我不敢突然浇灭她满眼盈盈的热望。

没什么"可是"的了，以后我就缠住你了。李虹使出了小女孩的任性。

第二天，碰见韩晓旭，一向低眉顺眼的她，竟用那样陌生的目光狠狠地剜了我一下，便肩膀一耸一耸地走开了。

平素温温婉婉的韩晓旭，与我相遇，总是嫣然一笑，怎么突然横眉冷对我了？我困惑不已。问李虹，李虹不以为然地说，她可能是学习走火入魔了，不用在意。

胡说！她可不是那样的人。我没好气地甩开李虹，独自去了白桦林。

哦，那棵最高大的白桦树上，是谁用小刀刻下了我的名字，后面还紧跟着三个字——我爱你。我惊讶地环顾四周，没有任何人影。是李虹吗？不大像，看那刀痕，似乎有好多天了。

抚摸着白桦树如疤的黑眼睛旁边那句毫不遮掩的爱的表白，我心里暖暖的，仿佛深秋的骄阳烘烤着前胸后背。

第二次和李虹去那片白桦林时，她依旧蹦蹦跳跳地东瞧西看，片刻的沉寂后，她突然把我喊到那几个字跟前，一字一顿地大声念给我听。

我问那些字是她写的吗？她点点头。我猛地揽住她的腰，将她与那棵白桦树一起抱住。

云淡风轻的日子一晃而过。李虹比我早三个月辍学了，我还在坚持着，准备混到一张初中毕业证，以便实现当兵的梦想。李虹对我的好男儿志在四方的理想明显地不支持，她更希望我们早早地成家。

韩晓旭读书似乎更用功了，老师都说她或许要创造一个奇迹。我关心地提醒她，别累坏了身体。她并不领情地冷冷回敬我，多去关心你的小对象吧，我累坏了也跟你没关系。

韩晓旭，我哪里做错了？我被她的奚落弄糊涂了。

你哪里有错啊？错的是我，是我有眼无珠。她一脸凄楚的尤怨。

北方漫长的冬季和短暂的春天过去了，我已经快半年没去白桦林了。周末，我一个人再次走进熟悉的白桦林。令我惊讶万分的是，几十棵白桦树上，都用小刀刻下了与前面一样的爱的誓言。是谁？肯定不是李虹，我认得李虹的字。仔细地端详着那一模一样的笔迹，我希望找到书写者的名字，但没能如愿。

我没跟李虹说这件事，因为她已对去白桦林不感兴趣了，她更喜欢的是在村里村外张扬我们亲密的关系，生怕别人不知道似的。我说她，她依然如故。我便觉得她那天眼睛被迷，像是她的一个聪明伎俩，但我已懒得戳穿她，因为两家的大人也认下了那门亲。

那个八月，邮递员送来韩晓旭的中师录取通知书，寂静的小村热闹起来，她成了全乡第一个进省城读书的人。赞叹、祝福、羡慕、嫉妒……一起向她和她的家人涌来。

我送给她一个蓝封皮的日记本，上面写了一行字：愿你走得更远走得更好。

她眸子里闪过一丝的苦涩，轻轻地说，无论走多远，我都忘不了家乡，忘不了青春的白桦林。

白桦林？那惊雷般的三个字，骤然令我僵住：难道那些字是你……

"都已经是曾经了"，韩晓旭转过头去，分明有晶莹的泪珠滴落。

是的，都已经是曾经了。多少年以后，那片白桦林都已被砍伐了，那片山岗已变成了耕地，韩晓旭毕业后留在了省城，嫁给了一个局长的儿子，过了一段挺幸福的日子，后来离了，身边有一个聪明的女儿。李虹没能等我从部队复员，便嫁给了村支书的儿子，一直是村里人羡慕的对象。我几经折腾，成了一位作家，并调入了一所高校任职。

青葱的少年，不管怎样的苦涩与甜蜜，都在记忆的深处闪着美好的光泽。看到那张明信片上的这句话，我的思绪又飞向了那些落叶金黄的白桦树，飞向了那些默默无语的如疤的黑眼睛。

谁能读懂岁月厚重的箴言呢？那些渐渐远去的，都是美好的旧时光，是摇曳在生命深处的白桦林，如此清晰，又如此模糊，一如我再也无法挥霍的青春时光。

一枚铁戒指

那是一个飘着霏霏雨丝的午后，前院新搬来的已过八旬的老妇人，宝贝似的搂着那个用红绸子包着的小木匣子，给我讲述了一个起始于六十年前的动人的爱情故事——

那时，她还是一个富家的小姐，在城里读书时，偶然地结识了拉洋车的他，并从内心里爱上了他。自然，她遭到了家人的强烈反对，父母先是苦口婆心地开导，继而以不提供学费、生活费来制裁，但这不仅没拦住她，反倒坚定了她心中的爱。最后，父母一气之下，不认她这个女儿了，扔下她出国了。

尽管她很伤心，但仍未动摇心中执着的爱。起初满怀惶惑的他，曾一再劝她不要冲动，因为他只是一个靠力气吃饭的车夫，配不上她那样既漂亮又有修养的读书人，但她愈来愈坚定的痴情，深深地打动了他，他终于欣喜地接受了上天赐予的这份弥足珍贵的爱。

因为有了她的爱，他的心田像拂过了一缕缕清爽的风，艰难的日子也变得阳光灿烂了许多,心头燃起了美好的希望,他风里雨里拼命地奔波,也丝毫不觉得累,不觉得苦。

很奇怪,一向以为自己这辈子跟文化沾不上边儿的他,跟她在一起,听她谈书上的事情,他不但能听懂许多,有时还能插上几句,说得还很有道理呢。于是,她就惋惜他没机会进学校读书,抽空就教他识字,他就小学生似的很认真地跟着她学。

父母断了她的经济来源后,她想到了退学。他知道了,坚决不肯答应,他把自己拉车挣的钱全都拿了出来,又东挪西借为她交齐了学费。

只靠他一个人拉车挣钱,两个人的生活自然很拮据,可他们依然很快乐,常常为一点儿好吃的,你推给我、我推给你,相互的呵护中洋溢着浓浓的爱意。

尽管他很穷,可他心里始终装着一个心愿——结婚前,一定攒钱为她买一枚金戒指。

当他把这个想法告诉她时,她说:"只要我们两个总是这样恩恩爱爱,有没有金戒指都无所谓啊。"他却说:"要买的,一定要买的。"

为了早点儿攒够买金戒指的钱,他比往常更辛苦了,经常早出晚归。她不止一次劝他别累坏了身子,他笑着安慰她:"没事儿,越锻炼身体会越棒的。"说着,还让她擂擂自己健壮的胸膛,一脸的喜悦难以掩饰。

她不忍看着他一个人下苦力挣钱,就利用业余时间悄悄地做了一份家教,之所以没把这件事告诉他,一是怕他不同意,一是想给他一个惊喜。

终于,在他过生日的那天,她拿出了做家教的报酬,依偎在他的怀里,听他一遍遍心疼地嗔怪她不该瞒着他去吃苦。感动中,她眼睛晶莹闪烁地"揭露"他在外边总是拣最便宜的东西吃，回来却告诉她自己吃得如何满意……

任她怎么说，他也不肯接她的钱，固执地要自己挣钱为她买一枚金戒指。她便用这钱给他做了一套新衣服，又几次不容推却地拉着他到饭店，点了他最喜欢吃的菜，看着他痛快地吃着。

在她毕业去一所学校教书两个月后，他终于攒足了可以买一枚金戒指的钱。就在他欢喜地准备找一个好日子，陪她到珠宝店，为她选一枚漂亮的金戒指时，他意外地患了一种说不出名字的怪病，结实得跟山似的他，一下子就倒了下来。

她急得发了疯地到处求医找药，花光了两个人几年来所有的积蓄，又把自己所有值钱的东西都典当出去了，还心急如焚地向国外音信断隔的父母求援。但这一回，她的满腔赤诚未能感动苍天，他的病情一天天地恶化，让她整日地泪流满面。

那天，他似乎精神了一些，让她搀扶着自己到外面走走。在春天的阳光中，看着她明显憔悴的面容，他心里有说不出的痛苦。趁她去买橘子的时候，他跟跟跄跄地拐进附近的一个铁匠铺……

三天后，他又一次从昏迷中醒来，拿起铁匠送来的那一枚打制得很精巧的铁戒指，拉着她的手，慢慢地为她戴上，他带着深深的遗憾、泪眼朦胧地对她说道："我真没用，连一枚金戒指都没让你戴上，只好用它代表了……"

这时，她已经泣不成声了："这就是最好的戒指，比金子还珍贵呀。"

两个人紧紧地相拥在一起，连医护人员都为他们感动得落泪了。

不久，他还是让病魔夺走了生命。这巨大的打击，让她病倒了，病得很厉害，整个人都走了形儿，差一点儿追他而去。

再后来，她一生未嫁。尽管她和父母已经和好，可她说什么也不肯到国外去，而是去了他的老家，一边教书，一边侍奉他的父母双亲，直到送走了二位老人，才搬到城里。

几十年过去了，他的音容笑貌始终在她心头荡漾，那一枚她精心珍藏的铁戒指一尘不染，没有一丝的锈迹。

那天，就在她举起来，再一次细细端详的时候，我分明看到了它闪烁着一种无法形容的光泽，看到她泪眼婆娑中那难以比拟的幸福……

这是一个多么感人的爱情故事啊！我的心被它久久地温暖着，相信它也会久久地温暖更多的心灵，这就是我要讲出来的缘故。

第七辑 爱的幸福：爱在，每一天都是有情天

做一个幸福的生活家

很偶然的一次公出,我来到中国著名的北极村——漠河。

那晚,我在网上给亲朋好友们上传我在北极村拍的那些漂亮的照片,一位大学同窗看到了,告诉我,听说我们班的小艾,好像就住在北极村。

小艾是我们班的老疙瘩,有一张似乎总也长不大的娃娃脸,笑起来,左颊就出现一个浅浅的酒窝。

大学毕业二十二年了,我与昔日的同窗们散在天南海北,被忙碌的生活追逐着,不少同学早已断了联系,包括小艾。

第二天一大早,我就委托当地公安局的朋友,帮我找寻小艾。傍晚时分,我正在宾馆里等消息,有人敲门,竟是小艾,他依然那么年轻,我一下子就认出来了。

热烈拥抱后,我拉着他的手:"你怎么跟同学们玩起了失踪?很多同学都不知道你藏在这里了。"

"我没藏啊！大家都在忙事业，我在忙生活，联系少了。"他微笑着，左颊上那个浅浅的酒窝还在。

他邀我去他家里坐坐，我欣然地随他下楼。

他说路不远，不用打出租车，我们可以走着过去。

两个人在银装素裹的大街上走着，往事清晰地忆起。足足走了30多分钟，我身上冒汗了。见我对"路不远"面露困惑，小艾笑着安慰我，马上就到了，结果又走了将近半个小时，走出县城好远了，我才看到雪野上的两栋新楼，那里有他的新家。他原来住的平房也在这里，前年拆的。

一进小艾的家，迎面扑来一股特别的生活情趣和情调，那么鲜明，那么强烈，一下子就攫住了我的心。

"这么温馨，是弟妹的功劳吧？"我问一旁笑盈盈的小艾妻子。

"是我先有了做生活家的理想,她受了影响。"小艾一脸的自豪。

"嫁他就随他呗，做个生活家也挺好的。"小艾贤惠的妻子端上菊花茶，语气里满是幸福。

"生活家？"我第一次听到这个词，有些惊讶。

"很简单，就是把生活当作人生的头等事业。"小艾的书柜里，摆满了他搜罗的奇形怪石，还有他的根雕作品。他在小小的阳台上，竟然安了一个藤萝的秋千。

"我们每个人不都在为过上好生活辛苦地打拼吗？"我还是有些困惑。

"为好生活打拼当然没错，只是许多人在忙碌的打拼中失去了生活的乐趣，一味地工作至上、事业至上，把人生的因果倒置了。"小艾轻松的话语里透着玄机。

"因果倒置？把工作干好，事业有成，这不是很好的生活吗？"我想说这样的生活理念，早已深入人心了，难道有什么不对？

"人生不过短暂的几十年，应该过一种平和、自由、沉思的生活，不过于看重事业的成功与否，不把工作当作生活的目的，而只当作生活的一种手段。"小艾的观点，很容易让人联想到在瓦尔登湖畔生活的梭罗。

"那的确是一种人生境界，可是……"我想滚滚红尘中有那么多的名利诱惑，有那么多的牵绊，毕竟仅有极少数人，才能够像梭罗那样享受心灵的宁静与丰盈。

"那正是人生的真谛，真正绵长的幸福，也正在那样舒适的生活里。"小艾给我斟了一杯自酿的蓝莓酒。

"舒适？"我更困惑了，我们辛苦打拼也很难获得舒适的生活。

"就像刚才我们一路走来，你可能感觉有点儿辛苦，我却很愉快，有风景可赏，有舒心的话题，还锻炼了身体，这不比拼命赚钱买车，然后开着车去健身房，要好多了？"小艾随手拈来的小细节里，却透着人生的大哲学。

"你说的很有道理，我们许多人的奋斗，明明是为了让自己的生活舒适一些，结果却弄得焦头烂额，真是本末倒置了。"我不禁想到生活当中那许多根本没有必要的忙碌。

"是啊，当一个人明白了心灵的自由与充盈，才是生命最可贵的和最值得追寻的，就会放下许多东西，看淡很多东西，就会跟随心灵的召唤，心平气和地做生活的主人，而不是做生活的奴仆。"小艾的眸子里闪着可爱的亮色。

随着更深入的交流，我越发羡慕小艾了：他大学一毕业，就自愿来到中国最北端的小县城，毫无压力地过着一种近乎田园的宁静、安稳的生活，似乎外面的嘈杂和喧嚷，与他毫无关系，他游览的足迹不过是附近的山山水水，但他的思絮飘过了万水千山，穿越了古今。我看了他写的那些有关历史思考性的文章，我敢说比自己花了课题经费弄出的那些所谓的学术成果，要好许多。

我说他那才是真正地做学问。

小艾摇摇头："我从没想过那是做学问，我只是喜欢思考一些问题，只是在过一种思考的生活，真切地感受思考的愉悦。"

我越来越敬佩小艾了，能够活到他的这种境界，看似是一件容易的事情，但我想恐怕没有多少人能够真的做到，且从容、淡定、欢欣。

我在微博里介绍小艾"做一个幸福的生活家"的追求，很快引来大量的跟帖，大家流露的多是羡慕、欣赏和赞叹，不少人表示今后真应该好好打量一下生活的真实面目，思考一下生活的真谛……

原来，我们许多人都在追逐幸福生活的路上，远离了幸福，因为我们忘了一个最简单的道理——唯有做生活的主人，过快乐的生活，才能拥有幸福的人生。

第七辑 爱的幸福：爱在，每一天都是有情天

共守一份青春的秘密

师范大学一毕业,我便当上了班主任。那时,我只比同学们年长四五岁,初为人师的我热情高涨,课讲得很棒,跟同学们很快就打成了一片。另外,在大学期间我曾在报刊发表过一些作品。所以,走进同学中间,我能从他们清纯的目光中,读到令我骄傲的敬慕和崇拜。

寒假的一天,我接到一封情书,是班级那个文静的女孩白薇写来的。她在信中表达了对我的爱慕之情,她希望我能够做她的哥哥,牵着她的手走过如诗的花季。

读着白薇的信,我心里先是一阵慌乱,因为我从信中已读出了她的心思——她要我做的绝不仅仅是一个一般的哥哥呀,她那欲言又止的倾诉中,藏着的正是年轻的心语。

再开学时,把她找到我的办公室里,悄悄地把那封情书退给她,郑重地告诉她——现在不是考虑那些问题的年龄,请她先好好学习,争取考上大学。而我，愿意做她和同学们喜欢的老师。

白薇羞涩地垂着头，静静地听我讲了一些应该珍惜时间、好好读书的道理。这中间，她几乎没有插几句话。看到她似乎听懂了我那些冠冕堂皇的话，我便如释重负说了一声"没事了，你可以回去了"，她便立刻逃也似的跑出了我的办公室。

当我再走进课堂时，我发现白薇的眼睛里多了一丝忧郁，她不再热情地与我交流。偶尔我们四目相对，她的目光也很快就游移开了。课下，我找到她谈了两次，鼓励她放下心里的包袱。结果适得其反，她再见我时显得更不自然了，仿佛她做了多大的错事似的。她这样，我也无法再像以前那样在她面前从容起来了，开始有意无意地疏远了她，课堂上很少再提问她。这期间，有的老师也曾向我反映白薇上课好走神，我也没大在意，以为过一段时间就会好起来的。

高二下学期期中考试成绩出来了，我不禁大吃一惊——一向成绩很稳定的白薇，在班级的排名一下子降了20多名，原本不错的语文竟勉强及格。我向同学们作了一些了解，得知这学期她上课经常心不在焉，做题时也不像往常那么认真了。有的同学还感觉她变得比以前更孤僻了，常常一个人对着天空发呆。

这时，我才意识到自己当初对她那封情书的处理过于简单化了，我并没有帮她解开心里的那个疙瘩。但我一时也找不到合适的方法，因为聪慧、敏感的她，不会轻易地接受我那些虽然正确却显得苍白无力的大道理。

怎么办？我看着神情抑郁的白薇那样一天天地消沉下去，我心里很是焦急。要知道，她一直是一个不错的女孩，即使成绩下滑了许多，我仍相信她能够赶上来。

就在我束手无策时，我读到了《青年文摘》上的一篇文章《语文老师写给一个17岁女孩的回信》，那些如诗的话语，让我明白了如何含蓄地处理正值青春期的女孩微妙的情感变化，如何引导好她们走出情感的泥淖。

在那个寂静的周末的下午，我把白薇又约到了办公室，先给她看了那篇文章，然后又编了一个开头很美、结局却很遗憾的师生恋的故事。

我们坦诚的对话，给白薇不小的触动。她似乎也意识到了不该那样任性，应当把更多的精力投入到学习中去，她变得比以前更用功了。在课堂上，面对我的目光也多了几许从容。

就在我暗自高兴她终于走出了情感误区时，她又给我出了一道难题——高三上学期快到期末时，她交上来的一篇作文，竟是一篇痴情不改的情书。

这个执迷不悟的白薇，害得我整整一夜无眠。我知道，她正处在人生关键的十字路口，我必须把她引导到更加广阔的天地中去。如果这一回我疏导得不好，很可能会给她今后的人生带来不可避免的遗憾。我暗暗提醒自己：一定要慎之又慎啊！

经过反反复复的考虑，我在她的那篇作文下面，写下了寓意深刻的五字批语——我在前面等你。

白薇是何等聪明的女孩啊，她似乎一下子就读懂了我的批语。

说起来也奇怪，我只给了她那样一个并不明晰的回答，竟有了神奇的魔力，她好像受了极大的激励，内向的她变得开朗起来，学习比以前更加刻苦了。再与我谈论有关学习和生活等问题时，也变得更加坦然自如了。虽然我们再没谈及那个敏感的情感话题，仿佛一切都像没有过一样，我还是她敬佩的老师，她还是我心目中的好学生，但她的精神状态却发生了根本的变化，变化得让同学们都十分惊讶。

当然，谁也不知道我曾给了她一个承诺，我们两个人共守着一个属于青春的秘密。

看到她脸上每天都洋溢着清纯的笑意，看到她的成绩在一天天地提高，我很欣然自己终于把她引到了快乐成长的天地里。

后来，白薇如愿地考入了北京师范大学中文系。临去上学的前一天，她来向我辞行，真诚地向我道谢，感谢我小心翼翼地呵护了她花季里的一个单纯而热烈的梦。她说，经过这一年的学习，她恍然明白了我当初给她讲的大道理都是很实际的，她已开始真正地成熟起来。

我更是高兴万分——因为自己的一份爱心，因为一个善意的欺骗，让白薇轻松地走出了那段美丽的情感误区。

后来，我和一位教外语的老师结婚了。婚礼进行到高潮时，白薇在远方给我打来祝福的电话，同时告诉我——她将来也要做一名优秀的教师，因为在她情窦初开的青春岁月里，她的老师那份清纯的爱，让她拥有了今天的成功和明天的希望……

桃花村里的丑奶奶

在他 28 岁那年，一场意外的大火，不仅烧掉了他用全部积蓄加上银行的 6 万元贷款买的房子，还要赔偿因火灾所殃及邻居近 5 万元的损失。更为不幸的，是他面部重度烧伤，那难以恢复的烧焦的疤痕丑陋骇人。

当女友提出与他分手时，面目全非的他心痛得已麻木。那个曾经英俊的他已属于过去时了，他恐怕已没资格再奢望爱情了。深陷巨大的悲伤漩涡中，他难以自拔，几次欲结束生命，都被在身边护理他的好友阿强拦住了。

他抱着阿强痛哭："我一切都没有了，还是让我彻底地解脱吧。"

阿强陪着他落泪："事情确实很糟糕，但不至于你想象的那个样子。"其实，他能听出阿强善意的安慰里，也透着一缕茫然。

望着满脸抑郁的他，阿强建议他先到他乡下老家住一段时间，调整调整，再考虑今后的事情。

于是，他坐了一天一夜的火车，又坐了五个小时的汽车，来到了牡丹江源头的桃花村。那是一个民风古朴的小山村，几十户人家散落在山窝窝里。

村民们闻知他的到来，纷纷前来探望他，同情他的不幸，也安慰他——向丑奶奶学学，没啥过不去的坎儿。

在大家七嘴八舌的叙述中，他知道了丑奶奶的一些基本情况——丑奶奶一出生就丑陋无比，被父母遗弃到山里，是一位好心的哑巴大婶拣回来养大的。因长得丑，她终生未嫁，大家都叫她丑奶奶，久而久之，都忘了她的真实姓名。村里人一句句"丑奶奶"叫着，语气里没有丝毫的歧视成分，有的全是敬佩与赞叹。

那个午后，他走进丑奶奶宽敞的院子。年过八旬的她，正拎着一把大铁壶浇花。虽说此前对她已有些许了解，但四目相对时，他还是十分惊愕——世间竟有如此奇丑之人。

丑奶奶那足有六十多平方米的院子里，栽满了海棠、樱桃、李子等多种果树和各种鲜花。坐在她那姹紫嫣红、芳香四溢的院子里，心胸被涤荡得清清爽爽。身板硬朗的丑奶奶，热情地领着他参观了她屋后的菜园。她手脚麻利地摘了半篮子鲜嫩的黄瓜和甜润的西红柿，又从压水井里压出清凉的水，冲洗干净了，塞到他手里。

看到他吃得津津有味的样子，她很有成就感地眯着眼睛问他："味道不错吧？"

他连连称赞她种的都是真正的绿色食品，又有些疑惑地问她种了那么多蔬菜，一个人怎么吃得完。

她笑呵呵地："我一个人当然吃不了了，可有人帮我吃的，很多还是城里人呢。"

原来，丑奶奶的屋后新修了一条通往旅游区的公路，常有游客在这里停车歇脚，丑奶奶的家便成了临时的驿站，她热情地向下车的游客推荐她那清凉的井水，并慷慨地赠送自己的劳动果实。

他说她其实可以因地制宜卖些钱的，她却说土里生一些稀烂贱的东西，不值得去卖的。况且人家还送她不少东西呢。

他说她付出了很多辛苦，应该有所回报。她却笑了："没啥辛苦的，侍弄点儿菜呀、花呀、果呀的，活动活动筋骨，心情也舒畅，睡觉都香甜着呢……"

说话间，见有游客走下车来，丑奶奶忙起身，像熟人似的招呼游客来喝点儿清甜的井水，又去园里摘了满满一大篮子可以即食的瓜果蔬菜，一把把地塞到游客们的手里。很多游客跟她很熟悉，热情地向她问好，还送她一些来自城里超市的东西。

看着游客们跟丑奶奶亲切地打着招呼离去，看着丑奶奶那幸福的神态，他的脑子里猛然闪进那句俗语——"送人玫瑰，手有余香"。他开始羡慕起丑奶奶来。

和丑奶奶相处了几天，他的心情大为转变，他兴奋地对阿强说："谢谢你，让我认识了一位真正的桃花源主人。"

接下来的一段日子里，他每天都跟着丑奶奶学习养花、种菜，跟着她一起把劳动的成果赠送给那些认识和不认识的人，在劳动与馈赠中，品味着生活里的乐趣。

有一天，他问整天乐观的丑奶奶："您这一生没什么遗憾的吗？"

丑奶奶平静而从容道："遗憾是有的，可我没怎么去想。你读过许多书，应该明白'人生一世，草木一秋'的道理。世间芸芸众生，与那些花呀草呀一样，各有各的位置，各有各的方式，没法也没必要做比较。就算是一棵不起眼儿的小草，也有它的乐趣它的烦恼。这样想开去，就在生活里多找些乐趣，少寻思些烦恼，像我现在这样，不就很好吗？"

晚上，躺在温暖的火炕上，细细咀嚼丑奶奶那些颇有韵味的话语，他不禁茅塞顿开——是啊，没有什么可以阻挡心灵对美好的希望与追求，一切都可以因自己的生活态度而变得生动起来……

很快，他开始振作起来，并选择了写作，开始悉心地用文字，编织一个个感动自己也感动别人的故事，并在其中浸满他对生活的挚爱真情。再后来，他成了一位深受读者喜欢的作家。最令他激动与自豪的，是他那些饱含深情与哲思的文章，帮助了许多茫然的心灵走出了误区。每每接到远方读者那一份份欣然的感谢，他都会情不自禁地想到桃花村的丑奶奶，想起她那芳香的花园和富庶的菜园，想起她的纯洁、善良、乐观、向上……因她的美丽的牵引，他会更加珍视生命的每一天，会把更多的美好嵌入眼前朴素而真实的生活。

第七辑 爱的幸福：爱在，每一天都是有情天

他让苦瓜无比香甜

在采访那位著名的民营企业家时,我的目光越过他背后书柜上那一排排精装的书籍,栖息在那件别致的根雕作品上面——嶙峋的古树身躯上,缠绕了攀援的藤蔓,半空中,悬着一根憨态可掬的苦瓜。

"真是一件特别的作品!"我好奇地忍不住想上前摸摸它。

"没见过吧?这可是我好容易淘到的一件宝贝。"把水果生意做得风生水起的他,轻轻地抚摸着那根苦瓜,给我讲了下面这个故事——

那是20年前,父亲因为替朋友打抱不平,失手打残了人,被判了十年有期徒刑,母亲又急又恨,得了脑溢血,虽然被抢救过来了,却几乎变成了一个废人,连自己都不能照顾了。仿佛就在一夜之间,他便被迫地长大了——那个残败不堪的家,需要他来撑起。那一年,他只有13岁,还有一个7岁的妹妹。

他决定辍学去打零工,但很喜欢他的老校长坚决不同意。老校长动员全校师生为他捐款,并免了他和妹妹的全部学费,每个月还塞给他一些生活费。这样,他又多读了两年书,后来母亲病情加重,外债越欠越多,他只得含泪离开了校园。

于是,他去砖厂当小工,去烟花厂去制作爆竹,去夜市摆小摊,去给饭店送啤酒……各种杂七杂八的活儿,只要能挣钱,不管有多累、有多苦,他都不挑不拣,只为着不让那个家坍塌下来。

那天,同在一个夜市摆摊的几个小青年,凑到一起商量怎么去赚大钱,他也动心了,决定跟他们抱团一起干。但很快,他便发现他们所谓的致富捷径,都是一些歪门邪道,说白了,就是坑蒙拐骗。他立刻决定退出不跟他们一起干了,前几天还与他称兄道弟的那几个小青年,立刻翻了脸,狠狠地教训他一番。开始,他以为忍气吞声一下,他们就会饶过他,没想到他们得寸进尺,此后依旧经常找他的麻烦,他的小摊摆不下去了,在饭店端盘子也不消停。他胸中的怒火越积越大,终于,他忍无可忍了,去商店上买了一把剔骨的尖刀,准备再遇到挑衅时,他就要予以还击了。

果然,那几个小青年又来找他的麻烦了。他突然抽出了随身携带的那把剔骨尖刀,挥舞着刺向那个肆无忌惮地欺负他的家伙,他的疯狂眼神和举动,把那几个家伙吓坏了。就在刀尖几乎要刺到那个肥臀时,他被拦腰抱住了,再回头,他呆住了——是老校长。

老校长收起他手里的刀,没有说一句话,只是默默地蹲在他身旁,任他抱头放声大哭。那么多的委屈,压抑了那么久,此刻,决堤般的倾泻而出。

扶起仍在啜泣的他,老校长没有批评他刚才的莽撞行事,也没有苦口婆心地开导他应该怎样不应该怎样,而是从随身携带的购物袋里掏出一根苦瓜,问他知道苦瓜的味道吗,他回答一个字——苦。

老校长说："你只说对了一半。"

他困惑不解地望着老校长，实在不明白最寻常的苦瓜还有别的什么味道。而老校长也不解释，只是拉着他到了家里。一会儿的工夫，那根苦瓜变成了他熟悉的那道菜——苦瓜煎蛋。老校长让他尝尝味道如何。他夹了一大块，塞到口中咀嚼起来。奇怪啊，怎么没有想象的苦味，反倒有一种奇异的香甜味呢？他惊讶地望着老校长，不知道这意想不到的感觉，是苦瓜的缘故，还是自己味蕾的缘故。

老校长笑了："奇怪吗？很苦很苦的苦瓜，也可以变得香甜无比。很简单，我用了两种特殊的调料。"

"特殊的调料？"他好奇叠生。

"是的，我根据书上所介绍的，自己花了好长时间才研制出来的两种调料。不过，我今天想告诉你的，不是我神奇的调料，而是一个很简单的道理——世界上没有什么是不能改变的，只要你愿意，你总能变成你所希望的那样。"

"谢谢校长！我知道今后该怎么做了。"他从老校长慈爱的目光里读懂了那份深情的期待。

"我相信你，相信你能把苦日子变甜。"老校长真诚鼓励他。

"我不会让您失望的，也不会让自己失望的。"他一脸的坚毅。

此后，经过无数的磨难，他终于成长为一名杰出的企业家，把妹妹送到国外读了博士，为母亲请了最好的医生，让她的病情得到了很大的缓解，出狱后的父亲也获得了一份体面的工作。

他说，是老校长的那根苦瓜，让他在苦难中品尝到了香甜的滋味，更懂得了如何在艰难中把握人生的方向。他后来之所以对苦瓜一直别有深情，是因为心中始终感激老校长，感激他那刻骨铭心的教诲和光明的引导。

　　听到这里,我的心不由得一颤:那真是一根甜透岁月的苦瓜啊,在它的背后,有着一颗爱的心灵,那纯净的滋润,才诞生了那样让人感慨唏嘘的美好结局。

第七辑　爱的幸福∶爱在,每一天都是有情天

第八辑

爱的智慧：给每个心灵都贴上红色的标签

　　爱是一门艺术，需要一生精心地研修。一个真正智慧的人，懂得悉心地呵护每一份爱，懂得好好地照料身边的爱，不会因自己不经意间的过错，伤害了爱，更不会让爱的花瓣无缘地凋落。

呵护孩子晶莹的心愿

岁末的一个午后,女儿做完了所有的作业,拿出一沓彩纸,开始叠千纸鹤。她有99个美好的心愿,要藏在这99只千纸鹤中,送给爸爸妈妈。

小屋的光线有些暗,她把东西移到方厅靠窗口的一张小木桌上。窗外又飘起了雪花,女儿的思绪也在开始飘动——她想到了在北京打工的爸爸,他都快一年没回来了,他现在好吗?这次能如数拿回工钱吗?上一次他只拿回来三分之一的工钱啊。这一只千纸鹤祝愿爸爸平平安安,这一只祝愿爸爸碰上一个好心的老板,这一只祝愿爸爸早一点回来……女儿的小手灵巧地翻飞着,单纯的祝愿一个接一个,目光里也浸满了虔诚和认真。

"卖糖葫芦喽,卖糖葫芦喽。"窗外传来响亮的吆喝声,女儿抿了抿嘴,她已经两年多没吃那酸酸甜甜的糖葫芦啦,因为爸爸妈妈都下岗三年了。她已经学会了节省每一分钱,这一沓彩纸还是邻居老奶奶送给她的,因为她给行动不便的老奶奶送过一个月的报纸。

随着远去的吆喝声,女儿的心又被妈妈牵去了——妈妈正在菜市场帮人家挑菜,每个月能赚300元钱,在爸爸寄不回工钱的日子里,那就是她们母女全部的生活费了。妈妈每天都是晚来早走,她真担心妈妈那柔弱的身子撑不住了。她叠了一只红色的千纸鹤,希望妈妈永远健康;她又叠了一只粉色的,希望妈妈春节前能买一条漂亮的围巾,那天妈妈看到刘阿姨的围巾,眼神中流露的那份喜欢啊,女儿一想起来就要落泪。

一只只漂亮的千纸鹤摆在小木桌上,女儿默默倾诉着一个又一个真诚的心愿。是的,就在新的一年即将来临的这个飘雪的午后,女儿绵绵的情思,像窗外那些晶莹的雪花,在无声地纷纷扬扬。

妈妈回来了,今天第一次回来得这么早。女儿欢喜地迎上去,但妈妈那一脸未消的怒气,让她愣住了。

"不在家里好好学习,叠这些破东西干什么?当吃当喝吗?做完作业了,就不能主动多学一点儿吗?这么大了怎么还不懂事?还让妈妈操心?花那没有用的钱干什么?你不知道爸爸妈妈最大的心愿,就是你将来有出息吗?"平时一向温和的妈妈,显然在外面受了很大的委屈,看到女儿在家没有学习,还把不大的方厅弄得一片狼藉,忍不住把一肚子的火气全撒到了女儿身上。

"我,我……"女儿惊诧地望着妈妈,泪水含在眼里,默默地收拾着桌子上的东西。

"快把它们都扔掉,别让我看着闹心。"妈妈严厉地命令道。

女儿的眼泪再也忍不住了,簌簌地滑落下来,打湿了那只悉心叠成千纸鹤,仿佛无辜的千纸鹤也伤心地流泪了。

"哭什么哭?还不赶紧学习去,这次考试要不拿第一,能对得起你在外面拼死拼活的爸爸吗?我在外面受苦遭罪,难道回来要看你这么不争气吗？"妈妈理直气壮地训斥着女儿，随手将女儿没叠完的千纸鹤抓过来，扔到垃圾篓里。

女儿啜泣着回到了自己的小屋，拿出日记本。

很晚很晚，女儿才躺下休息。妈妈织一会儿毛衣，有些不放心地来到女儿的小屋，她已后悔不该向女儿发那么大的火，因为女儿一向是很懂事的。

轻轻拂去已入梦乡的女儿脸上的泪花，妈妈拿起女儿枕头边上的日记本。

蓦然，她的心一颤，那几行亲切的文字电流一样击中了她——"妈妈，对不起！我叠那些千纸鹤，本来是想表达心中的美好的心愿，是想让您高兴的，却惹您生了那么大的气。我知道，您很辛苦，在外面受了许多委屈却没法诉说。我一点儿也不怪您，您永远是我的好妈妈，我以后一定加倍努力学习，一定不会让您失望的……"

"哦，我的宝贝女儿。"妈妈恍然读懂了女儿那些晶莹的愿望，她拣回那些扔掉的千纸鹤，将它们一一地摆到床头，看着它们，心头荡漾的是一轮轮难以诉说的幸福。

很多时候，孩子们会用他们自己独特的方式，表达对父母、亲人和老师等大人们的美好心愿，有的很朴素，有的很简单，有的甚至很幼稚，但那源于一颗颗晶莹之心的，却是千金难买的一片纯纯的真情真爱。只是大人们常常忽略了孩子的心声，常常误会了孩子的心愿，把那些虽然简单却美好无比的心愿，轻易地抛掷到了一边。其实，孩子美好的情感和优良的品质，正是在那一点一滴的美好心愿中成长起来的。

美国著名的教育家凯瑟琳博士曾说过："呵护孩子美好的心愿，就是呵护孩子纯净的世界，就是在引领孩子走向优秀的人生。"

是的，在每一个孩子成长的路上，都会有许多美好的心愿，可能是属于自己的，可能是许给亲人的，也可能是献给陌生人的，如果这些美好的心愿，得到的是赞赏、鼓励、支持、帮助……而不是相反的忽略、漠然、轻视，甚至粗暴的嘲讽打击。那么，生活中该增添多少美丽动人的情景呢？该有多少美梦成真的欢欣呢？

呵护好孩子美好的心愿吧。每一个父母、每一位师长、每一位成年人，都应该让孩子的心地更纯洁，让孩子的情感更丰富，让孩子的品质更高尚。而他们要做的，就是从呵护眼前的一个个小小的愿望开始，像浇灌一株株小树苗一样，让孩子的心愿绚丽如花。

贴在心灵上的红色的标签

升入高二时,我的作文依然写得一塌糊涂,即使绞尽脑汁拼凑出一篇自以为还可以的文章,交到了老师那里,也常常换来诸如"中心不明确,材料庞杂,层次不清晰,语言罗嗦"之类的批语。时间一久,老师也不愿意看我的作文了。于是,我更感到"作文之难,实在是难于上青天了"。

高二的下学期,我们班的语文老师由一位当时在省内已小有名气的诗人担任,他就是让我一生感激不尽的孙老师。

记得我交给孙老师的第一篇作文是《我爱……》,在那篇作文中,我洋洋洒洒地将自己喜爱的许多事情,都一股脑地搬了进来,末尾还来了一句"我爱…… ……"连续的两个省略号,以示我的爱还有许多许多。

没想到,作文讲评课上,孙老师竟在班上当众朗读了我的文章,而且夸赞我的文章有真情实感,不造作,思路也很开阔。老实说,那一刻，我真是激动极了。要知道我的作文一向是给同学们作"反面教材"的，能得到写作上很有名气的孙老师的夸奖，实在出乎我和同学们的预料，我甚至一度怀疑自己的耳朵是不是出了毛病，我还看到不少同学怀疑的目光，但千真万确的是，老师真的当众表扬了我的作文的成功之处。

等拿到作文本时，我看到孙老师在上面用红笔，将我的那些错别字和病句都一一地更正过来了，还写了密密麻麻的批语。其中有几句话让我终生铭记——"看得出你是个热爱生活的人，相信你只要多读书，再加上不懈地努力，肯定能写出很优秀的文章的……"

啊，孙老师都说我能写出优秀的文章了。我感到受了莫大的鼓励。原本对作文已泄气的我，又兴致勃勃地拿起笔来，认真地写起来。而孙老师从我的每一篇文章里，都要找出那么一两条优点加以肯定，当然也直言不讳地指出了其中的不足。

经过一段时间的训练，我的作文成绩有了明显的提高，更重要的是我竟爱上了写作，高考志愿上全填上了"中文系"。又经过大学中文系四年的磨练，我的文章开始陆续地见诸各种报刊，在各类征文比赛中也频频获奖。大学毕业三年后，我加入了省作家协会，成为我们班级同学中的"第一个作家"。

极其偶然的一次，我在一本散文选刊上，读到了孙老师写的题目为《给年轻人贴一枚红色标签》的文章，才恍然醒悟：原来孙老师努力地从我那写得很一般的文章中，寻找出些许亮色，加以圈点，是要点燃我的写作激情，让我从自卑中抬起头来。他那充满期待的话语，无疑是贴在我心灵上的一枚红色标签，火焰一样照亮我前行的路程。

哦，那一枚看似寻常的红色标签，不仅仅给我勇气、催我奋进，甚至还影响了我一生的选择。

多少年后，每当我面对我的学生，面对那一篇篇带着墨香的文章，我总会满怀感激地想起孙老师，想起那一枚永远鲜亮的红色标签。

第八辑 爱的智慧：给每个心灵都贴上红色的标签

今生没有赶赴的约会

读中学时,她还是一个性格内向而又有点儿自卑的女孩。

高二那年,理科班一个很帅气的男孩叩动了她心扉。她常常在操场上寻觅他的身影,每当看到英俊潇洒的他,她都会感到一种莫名的兴奋。平时不大喜欢运动的她,经常捧着一本书,站在球场边,看他在篮球场上飞奔,默默地为他精彩的投篮喝彩,但没人知道她心底的秘密,她也从未向他表白过什么,只是站在那个情感的距离上,悄悄地喜欢他。

有位诗人说过——喜欢不等于爱,却是通向爱的桥梁。在那个朦胧的花季里,那个青春洋溢的男孩,让她欢喜让她忧,几天见不到他,她心里就会空落落的。

没想到,那男孩像一阵风似的,突然从她的视野中消失了——他随父母搬到南方去了。他走得那样匆忙,永远也不会知道有个女孩曾暗暗地喜欢他。

也许那根本算不上是她的初恋，可却是那样刻骨铭心，好长一段时间里，她变得更加寡言少语了，整天是一副郁郁不乐的样子。

年轻的班主任郑老师把她叫到办公室里，关切地询问她怎么了。她咬着嘴唇说没什么，其实那会儿她难过得眼泪都要掉下来了。

是的，她无法忘怀那个可爱的男孩。

她开始在课堂上走神，老师讲的内容有时根本不往耳朵里进，作业也常常丢三落四的，常常一个人面对着天空发呆。高二最后一次期末考试，她的总成绩跌到上高中以来最惨的地步——全班倒数第七，最拿手的外语竟然只得了59分，让父母为她长吁短叹了好几天。

她也好几次提醒自己忘却那个男孩吧，她却难以做到，像宋词中所写的那样，常常是"才下眉头，却上心头"，真是"剪不断，理还乱"，弄得她身心憔悴。

就在那个暑假里，她收到了一封来自长春的信，写信人是和她一样马上要升入高三的男孩，名字叫关歆。

关歆的字写得很漂亮，像郑老师写的，他说是看了她发表在《中学生博览》上的一首小诗，几经思索后才为她写了这封信，想要同她交个笔友。

落寞中的她，正有许多心事不知向谁倾诉呢，面对关歆的真诚，她没有丝毫犹豫，立刻提笔写了回信。很快，她们便成了无话不谈的笔友。

关歆似乎有特异功能，第二次来信，他就感觉她有很多心事，说如果她信任他，可以告诉他，他愿意倾听，愿意帮她分担一份苦恼。

于是，她把积淤在心底的秘密全都写了出来，一下子洋洋洒洒地写了七大张稿纸后，她竟感到一股莫名的轻松。

很快，关歆的回信便来了，如她期望的那样，他像一个老朋友，又像一位师长一样，与她探讨了男女同学之间的那些敏感话题。他告诉她，他也曾有过跟她类似的经历，也曾迷茫过，但很快在老师的帮助下走出了情感的误区。他说她的那些情感都是纯洁的、美丽的，都是应该珍惜的，只是不能让它们成为今后成长的一种负担，因为她们还很年轻，还有很多重要的事情等待着她们……

关歊的话，如一缕清风，拂去她心中的抑郁，让她恍然感觉到自己真傻，竟一度沉迷于情感的泥淖里，而忘了自己还只是一个高中生，还有许多事情要做……

关歊还随信寄来了他写的几首诗歌，其中有一首《走过从前》，仿佛是专门为她写的，让她感到一股特别的温暖。

再开学时，她已从那段伤感的往事中走出，开始埋头复习功课。她和关歊相约每两个月通一次信，互相汇报自己的收获，彼此竞赛，看谁进步得快。

本来基础就不弱的她，突然增加了一股动力，又采纳了关歊介绍的一些学习方法，成绩很快就提了上来。看到老师和父母满意的目光，她在心底十分感激关歊，她写信告诉他，她很想见见他，当面向他表示感谢。他却在信中告诉她——要感谢的是你自己，因为这世界上没有谁能够打败你，除非你自己先倒下了。

渐渐地，关歊成了她崇拜的青春偶像，她越来越迫切地想见到他了。有一次，她甚至在信中说，他若是不能来，她就请三天假，去长春看他。他慌忙写信叮嘱她——千万不要去，如果她不听话，他就不认她这个笔友了。他又给她讲了钱钟书关于母鸡和鸡蛋的故事，告诉她只要知道朋友在远方关心着自己，去努力不让朋友失望就足够了……

虽说关歊的话不无道理，可她在内心里却真的想早日见到他，哪怕只是短暂地一次会面呢。就在她准备给他突然来一个惊喜时，他的信翩然而至——他说他要和她定一个美丽的约会，等她们都拿到大学录取通知书后，他亲自来看她，还要送她一份特别的礼物，而现在她们暂时中断任何联系，全力以赴地投入到学习中去……

这真是一个美丽的约会，她听从了关歆的安排，盼望着高考早日结束。

七月里，她又一次走进班主任郑老师的办公室，询问录取通知书是否到了。他微笑着问她："还在等那个美丽的约会吗？"

"老师，你怎么知道？"她惊讶地望着郑老师。

"告诉你吧，你已经进入重点大学录取分数段，而你的笔友关歆现在要如约送你一份礼物，那上面有真诚的祝愿……"

"你？郑老师……"接过郑老师递过来的一个精致的蓝封皮的日记本，她恍然大悟。

原来，近在咫尺的郑老师，就是她一直在心中感激的笔友关歆，他曾为她那段日子莫名的精神抑郁而焦急，为了让她早日走出那片情感的沼泽，他委托自己在长春一所中学教学的大学同学，帮他寄给她一封封署名关歆的信件，帮她拂去心灵上的阴影，让她重新拥有了青春的梦想和激情……

那今生没有赶赴的约会啊，将永远的美丽深深地写在了她青春斑斓的记忆中。

喜欢不等于爱

大三那年,她悄悄地喜欢上了外语系的一个男孩。

她喜欢托着下巴,像幼儿园的小朋友似的,坐在他身边,听他讲一长串美妙的外国故事;她喜欢静静地倚着栏杆,看他在足球场上奔跑,他那健美的身影牵着她的目光游移;她喜欢听他旁征博引、潇洒自如的演讲,那是倾倒一大片女生的时刻,他飘逸的风采总让她想起一位影视明星……

当她跟母亲说她已经深深地爱上他时,母亲笑着说:"孩子,那不是爱,那只是喜欢。"

女儿不解:"在情窦初开的年龄,有些喜欢不就是爱吗?"

望着女儿一脸的困惑,母亲没有做更多的解释,只是说:"时间会告诉你答案的。"

很自然地,她和那个男孩有了一段轰轰烈烈的浪漫之旅。那会儿,她是那样地喜欢他,感觉他完美得无可挑剔,谁要是开玩笑说他半点儿的不好,她也会跟人家争辩、甚至生气,真的被无边的幸福撞憷了头。

然而,她精心编织的一个美好的爱情梦幻不久便破灭了,她不得不面对那样一个痛苦的结局——抛开楚楚可怜的她,他又在多情地与别的女孩相恋。

当她哭得一塌糊涂地扎进母亲的怀里时,母亲轻轻抚摸着她的面颊,平静道:"我跟你说过了,喜欢不是爱,他不喜欢你了,你干嘛还要喜欢他?"

"可是……"她想说自己的确是真心真意地爱过他。

母亲摆手止住了她,告诉她:过一段时间,她就会发现,他身上有许多其实她并不喜欢的东西。

事情真的像母亲说的那样,待她从失败的痛苦中走出,她才猛然发觉——他真的并非原来感觉的那样优秀,他有才但很高傲,他做事喜欢张扬,他交友的原则有些市侩……她惊讶:他身上有那么一大堆自己不喜欢的东西,自己当初怎么竟然没有发觉?

再后来,她成家了,简单而温馨的生活让她倍感爱情的美好。

偶尔的一天,她在整理杂物时,看到了母亲写的从未示人的一首长诗,题目就叫《喜欢不等于爱》。读毕,她才恍然大悟:原来,母亲年轻时也曾和自己一样,只顾捧出自己的一颗心,一厢情愿地构筑了纯真而浪漫的足以感动自己的梦,而真正的爱情,是两颗相悦的心的叠印,喜欢不等于爱,喜欢只是通向爱的桥梁……

别拿走了女儿的快乐

她是那座城市里著名的女企业家,在一家拥有数千员工的大公司担任副总经理。在人们敬慕的成功背后,是她无数超负荷的辛苦的付出,她长年累月地在紧张地忙碌着,就像是那被抽紧的陀螺,在不停地飞转着。

那天早上,上初二的女儿说老师请她下午去开家长会,她习惯性地告诉女儿:"妈妈工作太忙了,还是让你爸爸去开吧。"

"可是,爸爸今天出差了。"乖顺的女儿口气里满是祈求。

"那我看看吧,你这次考试能考进学年前五名吗?"她又追问了一个心里非常看重的问题。

"妈妈,我已经很用功了。"女儿想说自己现在每天晚上都要学到十一点多,所有的周末都被课外补习班挤占了。

"可是大家都在用功,因为你赶上了竞争激烈的时代,你绝对不能输在起跑线上,还必须要冲到前面去,像妈妈一样,要不辞辛苦。"出门前,她还没有忘记教诲女儿。

晚上,女儿独自闷闷不乐地吃了几块饼干,便坐在各种复习资料摞得小山一样高的书桌前,呆呆地望着刚发的厚厚的练习册,眼泪簌簌地滑落下来——因为这次与上回一样又考了学年第八名,还因为妈妈派秘书张阿姨去为她开家长会,还因为许多她说不出的缘由,她小小的心憋闷得似乎马上就要爆炸了。

其实,自从上初中以来,女儿就经常莫名其妙地头疼,是医生也看不出的那种不时地发作的隐隐的疼痛。

此刻,女儿想大声地哭,可是怎么也哭不出来。她拿起笔,在纸上狠狠地写着:"我很累,很累、很累、很累……" 朦胧中,大大的"很累"两个字,变成了两座无形的大山向她倾倒过来,将她从梦中猛地压醒。

女儿得了中度的抑郁症,最好休学一段时间,精心调养一下。听到医生严肃的提醒,她怔住了——怎么会这样呢?文静、懂事的女儿各方面一向都很优秀啊,这么小小的年纪抑郁什么呢?

到网上查阅了大量相关资料,她的心开始一阵阵地惊悸:原来,快节奏的现代生活,不仅已悄然拿走了许多成人的快乐,让人们整日疲惫不堪地追逐着所谓的成功,已经让很多人疏远了幸福,连许多孩子也受了感染,整天被繁重的学习任务压得几乎喘不过气来,已经远离了少年无忧的快乐……

那天晚上,淅淅沥沥地下了一天的雨停了,她一个人站到医院顶层的阳台上,想静静地呼吸一口清新的空气。猛地抬头,她看到了夜空里久违的那轮皎洁的月亮,看到深邃如海的夜幕中那颗颗闪烁的星辰,仿佛一只只脉脉含情的眼睛,在悄悄地诉说着绵密的心事。那样的静美,是美丽无言的诗句,瞬间就把她的心揉得潮起潮落。她想起了遥远的故乡,想起了盛满快乐的童年的夏夜,流星滑过天宇的惊喜还没散去,她和小伙伴们便追着一闪一闪的萤火虫,奔跑在混着青草和泥土好闻的气味的乡村大道上,笑声一串串地撒进路旁的庄稼地里,和那起伏的蛙声呼应着,直到母亲那亲昵的呼唤传来,她才带着一脸快乐,恋恋不舍地回到那间小屋。

接下来,在那盏 25 瓦的白炽灯下,她又拿出父亲给她的那副漂亮的羊拐,坐在炕上,随着花布口袋的起起落落,羊拐变换着花样,被她灵巧的小手一次次地捉起、撒开,直到汗津津地被妈妈哄进甜甜的梦乡,还不知不觉地呵呵地笑出声来……

那是生命中多么美好的一段时光啊。

自从全家搬到城市里,她的快乐就在一天天地减少了,先是忙碌地学习、学习,然后是忙碌地工作、工作,一个个欲望拖着她不停地去奋斗,去追求成功……简直太忙了,她甚至连续几个月里,难得有时间与家人一起好好地吃一顿晚餐,更不用说关心女儿的成长了,除了不时地问问女儿的学习情况。

望着病床上好容易才睡下的女儿,她不禁潸然泪下,为自己迟到的发现而愧疚:不知不觉中,她像许多家长那样,已经很自然把快乐从女儿身边拿走了,却将忙碌和劳累硬性地塞给了女儿,并以爱的名义,以关心女儿未来的理由,自以为是地剥夺了本属于女儿这个年纪的快乐……

第二天,她便毅然地向领导打了报告,主动降职降薪,只为了腾出更多的时间陪女儿。

她带着女儿去了广袤的呼伦贝尔大草原,看着女儿追着羊群欢快地奔跑,就像一只在草地上撒欢的小羊那样;她带着女儿去了大兴安岭深处,两人挎着小筐钻进树林里去采蘑菇,也采回一束束漂亮的野花;她还和女儿在美丽的乌苏里江畔,一同追逐雪白的浪花,郑重地投下一个写满秘密的漂流瓶;她还鼓励女儿自己报名去参加了以"磨练与体验"为主题的夏令营,让炽烈的阳光晒黑皮肤,也晒出了健康和坚强……

女儿重返校园后,她告诉女儿:快乐第一,以后再也不问她考试的名次了。她尊重了女儿的选择,让她自己去书店买自己喜欢的书看,不再强迫她参加课外补习班,只让女儿每天轻轻松松地上学。有时,个别老师的作业留得太多了,她还心疼地亲自上阵给女儿打下手,帮助女儿挤出时间去看喜欢的漫画,她甚至还教会了女儿一些化解繁重作业的"妙招",和女儿成了寻找快乐的同盟……

看到女儿每天脸上那毫无遮拦的快乐,她的心里也充满了难以言表的快慰。令她感到惊喜的是,自从她轻松地工作以后,她有了更多时间操持家务,柴米油盐挨个儿认真琢磨,家里一下子温馨了许多。丈夫也在她的感染下,谢绝了许多应酬,变成了一个恋家的男人。一家三口常常坐在一起,轻松地交流各自得到的信息和感受,她还把自己的感想写成文章发表到报刊上,竟然收到了一些读者的来信,着实地享受了一番"当作家"的快乐……

更令她惊讶的是,女儿中考竟然考出全校第一的成绩。许多孩子家长纷纷向她请教自己是如何教育孩子的,她惭愧地说应该感谢女儿,是女儿教会了她:别拿走了孩子身边的快乐,让孩子带着愉悦的心情去轻松地学习,而不是背着重负前行……

是的,不再拿走女儿的快乐,不再拿走自己的快乐,让快乐感染快乐,让幸福握紧幸福,正是最好的学习和工作的方式,也是品味生活、享受人生的最好的方式。

陪着儿子做"护花使者"

儿子刚上高二,就将近一米八了,他双腿修长,腰板挺直,很有些玉树临风的味道,再加上青春、帅气的面容,自然地吸引了校园里不少女孩子的目光。她这位做母亲的,便有些隐隐的担忧,生怕他陷入早恋,影响了学业。

应该说,为了儿子的成长,她倾注了太多的心血。五年前,她便辞了工作,安然地在家中做起了全职太太,倾心照顾好儿子的衣食起居,为他营造出更舒适的学习环境。

儿子似乎也懂得她的良苦用心,学习也很刻苦,成绩一直不错,很轻松地就考进了重点中学,进了重点班级。

母亲的担忧,似乎真的变成了现实。那个周末,儿子说好了要去学校图书馆看书,却被她撞见正与一个穿运动服的女孩并肩而行,两人都一脸的阳光灿烂。她急忙从前面的公交站点下车,眼前却没了儿子和那女孩的身影。站在人流车流涌动的大街上,仿佛走失的是自己，她茫然地四下张望。

晚饭时，她装作很随便地问儿子,白天在学校看书看得怎么样？儿子轻松地回答："很好啊！图书馆阅览室可静了。"

"真的吗？没有人说话打扰吗？"她心里有一丝的难过，为儿子没有实话实说。

"没有啊！您别担心，我这次期末考试，保准还能考一个好成绩。"儿子似乎察觉到了母亲脸色的微妙变化，但他以为母亲是担心他的成绩。

"我相信你，听说现在有不少中学生有早恋倾向，你要是有喜欢的女孩，或者有喜欢你的女孩，不妨告诉妈妈，或许我会帮你参谋参谋。"她开始试探着迂回包抄。

"行，有什么情况一准儿报告母亲。"儿子说的很痛快，转身进屋看书了。

她不好再多说了，一边刷着碗，一边琢磨着接下来的对策。她知道，这是一个很敏感也很棘手的问题，是千万不可大意的，也是必须要讲究策略的。

首先，她要摸清情况，看看儿子是不是真的开始恋爱了。她在儿子的书桌上下细细地察看了一遍，并未发现蛛丝马迹。在儿子放学时，她又来到学校大门对面那家小店，从窗户里向外观望。几天下来，并没有发现儿子的异常行动。

但没等她释然，她便在一个周末，看到儿子跟那个女孩说说笑笑地拐进了一家商场。好在他们脚步匆匆地一路向前，没注意到满怀紧张跟在后面的她。

她没贸然地走进商场，怕儿子知道了自己在跟踪。可是，心头的疑虑却在弥漫：儿子背着书包不去学校，跟那个女孩去商场干什么？

259

儿子回家，她再拐弯抹角地打探，儿子依然守口如瓶，咬定自己到学校看书去了。她便隐忍着不戳穿。接下来，她继续悄悄地跟踪儿子，又几次发现他们说笑着去了那家商场。但她一直没有追上去，甚至没装作无意间的撞见。她等着儿子主动地向她交代。

转眼间儿子就上高三了。有一天晚上，儿子告诉她，学校要求同学们上晚自习，放学回家要晚一些。她提出去学校接他，儿子忙拒绝，说他这么大的男子汉，让老妈每天接，会让同学们笑话的。她不好再坚持了，只是叮嘱儿子放学就赶紧回家，免得她惦记。

没过几天，儿子就不准时回家了。问他原因，他轻描淡写地说是护送一位女同学，因为她家住的较偏僻，父母都不能接她。她就逗他，说他是当了"护花使者"，她并不反对。儿子就兴奋地拥抱她，说老妈太伟大了。她嘴上说着别给自己戴高帽子，心里却在嘀咕：善良的"护花使者"，你可别护出让人担心的后果啊。

她又悄悄地去做了一番侦察，了解到了儿子护送的还是那个女孩，长得很瘦弱，也很清秀，性格也挺开朗的，跟儿子很谈得来。女孩的家在那条小街的一个小胡同里，从街口到她家，有二十多米的黑暗地带。每次走到街口，儿子站在那里，直到听见女孩从黑暗中传来一句"我到家了，明天见"，他才急忙往家里走。

那天晚上纷纷扬扬地飘起了雪花，天地间一片白茫茫的。她再也坐不住了，径直来到学校的门口。儿子惊诧地问她来干什么，她笑着说自己也想体会一下在雪中漫步的感觉。那个女孩有些不好意思了，一再感谢她儿子的帮助，她很大度地说："谁叫你们是同学呢？他一个男子汉，应该做的，她十分支持。"

女孩轻松地笑了："阿姨，您真是一个懂得如何理解年轻人的好家长。"

她有些愧疚地说："算不上，看着你们都好，我就高兴了。"

于是，她就知道了，儿子那些天跟女孩去商场，是帮助女孩照看里面的一个柜台，那是她全家唯一的收入来源，她的父亲前年去世了，患有尿毒症的母亲每个周末都要去医院做透析，儿子便自告奋勇地去帮她看摊，没有顾客的时候，还可以一同学习。

回家的路上，她嗔怪儿子为什么不早些把一切都告诉自己，儿子说是女孩让她保守的秘密，她不想让更多人知道她家的情况，因为她不需要同情和怜悯。

"那她为什么只接受你一个人的帮助？"她有些奇怪。

"这，这……"儿子挠了挠头，没有给出合适的理由。

"可能是觉得你是一个值得信赖的好人吧？"她从儿子的羞涩中读到了一些答案。

"也许是吧？您看到了，她确实是一个好女孩，学习刻苦，自尊，自立，自强，还特别开朗。"儿子一口气罗列出女孩一大堆优点。

"很喜欢她吗？"她小心翼翼地选择了那个更有延展性的动词。

儿子点点头："不过，不是妈妈想象的那种。"儿子的一句补充解释，雪花一样的可爱。

"妈妈也没有往坏处想象啊！在你这个年纪，喜欢一个女孩，或者被女孩喜欢，都很正常。只要不影响身心健康，不影响目前最重要的事情，即便是有一段美丽的恋爱，也是不错的。"她忽然感得此前的那些担忧真的不必要。

"您真的认为，我们这个年纪也可以恋爱？"儿子惊讶地望着她。

"当然。妈妈虽然十分不提倡，却不会简单地阻止，更不会粗暴地干涉，因为情窦初开时的爱，是稚嫩的幼芽，是未绽的蓓蕾，更需要悉心地呵护。"这些天里，她读了不少有关青春期心理方面的书，也上网查阅了不少资料。

"我明白了,知道您一直陪我做护花使者的原因了。"儿子笑了。

"一直?你怎么知道的?"轮到她惊诧了。

"这是一个秘密。"儿子调皮地向她挤眉弄眼。

"你这个坏小子,我不保护好你,你怎么能当好护花使者呢?"她心里暖暖的。

"谢谢老妈!就冲着您的这份无微不至的爱,我也要做一个优秀的护花使者。"

雪花还在静静地飘着,她和儿子一路欢畅地说笑着。陪着儿子做"护花使者",这种感觉真好,她突然想告诉儿子,她还想继续扮演好这个角色,只要他不反对。

让孩子从小就享受成功

一天,女儿捧着一本厚厚的童话故事书,满脸羡慕地对我说:"爸爸,等我长大了,也当一个作家,也写这样一本有趣的书。"

我鼓励道:"好啊,将来你要当个大作家,你现在就得好好学习,要读很多很多的书,要积累更多的生活知识和文化知识,要像爸爸这样上大学读中文系,还要经常写日记、练习写各类文章,要做好多好多的写作准备……"

"那当个作家也太难了。"听了我的讲述,女儿似乎感觉到了自己要走的作家之路实在太遥远了。

我告诉她:"一分汗水一分收获,要想获得成功,就得付出许多努力,就得从小养成勤奋、吃苦的精神。"

女儿似懂非懂地点点头,不再说什么了。此后,再也没跟我提起要当作家、要写书的事。

那天,我跟师大教心理学的王老师谈及此事,她一脸严肃地告诉我:"你和许多家长和老师一样,犯了一个严重的错误,没有及时地给孩子以鼓励,让他们感受到梦想与现实并非遥不可及,而是给他们刚刚萌动的热情泼了一瓢凉水。"

我有些不解地反问她:"难道我说的那些话没有道理?"

"你说的那些有道理,我们以往也常常这样教育孩子,但如果我们现在就让孩子享受到成功带来的快乐和激励,那会让孩子更有信心、更有热情地拥抱成功。"王老师又很认真地给我讲述了她在国外的见闻,向我描述了她在美国一所幼儿园听到的一堂精彩的写作课,并建议我回去借鉴一下。

听了王老师一番入情入理的剖析,我感觉自己对女儿的教育方法的确有些欠妥,真的需要改进一下。

又是一个周末,我把女儿叫到跟前,先给她讲了我刚刚看到的七岁儿童窦蔻出书的故事。然后,我拿过一本刚买来的书,告诉女儿:"不用等将来了,你现在就可以动手,写这样的一本书了。"

"爸爸,您不是说得等我长大了,积累了好多好多的知识,才能写书吗?"女儿有些困惑地望着我。

"我那是说,你要写一本让很多读者都喜欢的书,需要长期的积累和练习,而现在你可以动手写一本属于你自己的书了。"我微笑着鼓励她。

"现在就可以写?"女儿有些不相信地问我。

"是的,现在你就可以动手写一本书,就像我手里拿的这本书一样,你先给自己的书起一个名字,再设计一个封面,然后,再想想需要添些什么内容,做一个目录,再插些图,不就可以了吗?"我按王老师介绍的方法讲给女儿。

"噢,原来是这样,没问题。"女儿立刻兴致勃勃地开始动手了。

我给她找来一张厚纸做书的封面,她从电脑里找到她画的一张漫画，打印出来，又极认真地用蜡笔写上她想好的书名，题上"筱筱著"的字样，再仿照别人的书把封底的内容——填全，书的封面就做好了。

接下来，她又想了想，开始搬出她的日记本来，要从中摘抄一些东西。我说那样太费时间了，再说她的日记写得还不多，我建议她可以出一本以绘画为主的书，在图画下面配些解说的文字就可以了。她觉得这个主意不错，欣然从命，把她几年来储存在电脑里的绘画作品全都调了出来，一番挑选之后，打印出40多张她满意的。

她匆匆地吃完中午饭，便急不可待地开始给每幅画配写解说文字，平时特爱动的她居然坐住了板凳，要不是我一次次提醒她休息一会儿，她非得一气忙完不可。直到晚上九点多了，她才伸伸发酸的胳膊，恋恋不舍地回小屋睡觉去了，临睡前还一再叮嘱我第二天早早叫她起来继续工作。

看着女儿摆满书桌的一天的劳动成果和她那甜甜的睡态，我不禁慨叹——我差点儿剥夺了女儿的这份快乐啊。

女儿又忙活了一天，给所有的图画都配上了长短不一的解说文字，按顺序编好了页码和目录，还请我给她的书写了序言。然后，我用书钉和胶水帮她把书装订起来，一本图文并茂的书就做好了。

"我出书了！我出书了！"女儿捧着自己两天愉快劳动的成果，乐得都快要跳起来了，赶紧给出差在外的妈妈打电话，报告妈妈她出书的经过。

趁热打铁，我告诉她："孩子，你看到了，出书其实也很容易。不过，你的这本书还比较粗糙，还不能拿到出版社去出版，还不能印刷许多本，但以后你会写出从外到里都很漂亮的书，会写出许多让读者都喜欢的书。"

"爸爸，我会努力的，我会出比这本还漂亮的书。"女儿拿起我给她买的一本精致的图书。

　　从那以后，女儿对自己将来能够当作家的信心更足了，读书、写日记、写作文、绘画的热情更高了，不用督促，很多事情都做得认认真真，连她妈妈都惊讶她变化太大了，尤其是看到她做许多事情时，都是那么自信、快乐的样子，更是惊喜地问我如何开发了女儿的情商。

　　我得意地告诉妻子——我懂得了如何让孩子从小享受成功，享受自己动脑、动手取得成功所带来的快乐，并在这种成功的鼓励下，自信地张开梦想的翅膀，轻松愉快地走向未来更大的成功。

　　是的，不仅仅成年人渴望成功的激励，孩子更需要成功的鼓舞，许多看似很微不足道的小小的成功，有时会像一簇美丽的火花，点燃孩子幼小心灵中向上的火炬。让孩子们从小尝试成功，学会寻找成功的通道，感受成功的快乐，品味到成功的乐趣，无疑是一种很好的教育方法，家长和老师们不妨一试啊。

赞赏儿子的工作

那天是周一,我正准备出门,电话铃响了,著名的私营企业家方总抱歉地通知我,原定的采访安排取消,因为他要陪儿子参加市文化宫举办的业余书画比赛。

放下电话,我问在文化宫上班的妻子,那是一次什么性质的书画比赛,能让方总如此重视。妻子轻描淡写地告诉我,那种比赛文化宫每月都会搞一两次,大多是选一空阔的场地,让孩子们随意地写写、画画,再评一下等级,奖品也不过是日记本或卡通画之类。

我有些纳闷:不过是让孩子参与的一次娱乐性活动而已,方总为何还会如此看重?

到了单位,我与对面桌的小刘闲聊,惊讶地得知,方总的儿子患有先天智障,18岁了,长了一米八的大个子,智商却仍停留在三四岁儿童水平上。

那他为什么还带着这样的儿子去大庭广众中参赛呢?我更困惑

了。要知道，方总可是身家过亿元的商界精英啊，是本市声名显赫的人物。

小刘告诉我，方总很爱他的智障儿子，为了陪儿子学画画，他推掉了许多生意上的应酬，错过了不少的商机。据说，他家客厅墙上挂的，都是他儿子的画作，每有客人到家，他都会热情地向人介绍，仿佛那都是价值不菲的名家经典。

由是，我突然特别想见见方总的儿子，想看看他们父子在一起的情形。当我将这个想法向方总一提，他竟爽快地答应了。

周末，我如约赶到方总家。一进客厅，我便见到墙上挂着一幅幅精心装帧的画作，坦率地说，那些作品都十分幼稚，更像一个孩子顽皮的信手涂鸦，方总见我对那些画感兴趣，一脸自豪地告诉我，那都是他儿子方萌萌五年前的作品，现在画的比以前的还好。

我提出马上要见见他的"画家"儿子，方总指了指对面的一个小屋："他正在画室里工作呢，我们先不要打扰他吧。"

于是，我按事先列好的采访提纲，与方总交流起来。过了大约半小时，方萌萌拿着一张画走到方总跟前，孩子气地依偎在父亲怀中，把他手上沾的颜料抹到了父亲衣服上。

方总笑着表扬儿子："画得不错，快拿给这位叔叔看看。"

我装作认真地欣赏了一番方萌萌那实在很一般的画作，嘴里说着鼓励的话，心里却不住地嘀咕——每个人都有遗憾啊，在商界叱咤风云的方总，竟有这样一个弱智的儿子……

"儿子，回到你的工作室，继续你的工作吧，爸爸也要工作了。"方总怜爱地拍拍儿子的肩膀。

"您把方萌萌的绘画看成了他的工作？"我很惊奇地问道。

"不是我把他的绘画看成了他的工作，他也认为那是自己最好的工作，他喜欢，也品尝到了乐趣。"方总很认真地对我说。

"哦,我知道您成功的秘密了——您对工作有着不同于常人的理解,您懂得尊重每一种工作,懂得带着热情去工作,还能够体味工作的乐趣……"瞬间,我茅塞顿开。

的确,能够将智障儿子游戏性的绘画,看成一项神圣无比的工作,那不只是宽厚的父爱使然,更是洞彻人生的智慧使然。试想,我们面对孩子做的很多事情时,可曾想过那正是他们的工作,他们是否喜欢,是否从中找到了乐趣?而那些又是多么不该忽视的思考啊。

"那是儿子的工作",方总这一句脱口而出的平常话语,让我第一次意识到:尊重他人所做的事情,与热爱自己所做的事情一样,不仅关乎胸襟与气度,还关乎智慧。

多给孩子补些苦

女儿聪颖、可爱，就是有一些诸如偏食、爱睡懒觉等毛病，让我很是头疼，也曾尝试了多种办法，但收效甚微。那天，跟报社的一位朋友感慨家教之难，她热情地向我介绍了这样一位农民——他叫张永泉，只有小学文化，妻子是个哑巴，一家人多年生活在贫困线上，但他硬是把四个孩子都培养成了硕士和博士。听说他的家教经验简单、实用，有的家长学习、借鉴了一下，效果还真不错。

听了朋友的介绍，我立刻萌生了这样一个念头——利用暑假休息，我带着女儿去那个偏远的山村，到张永泉家吃住一段时间，让他帮我好好教育一下女儿，再耳濡目染地掌握一些好的家教方法。

听我说明来意，朴实的张永泉一再声明："其实，我也没什么教子秘诀，最重要的一条，就是教会孩子吃苦，我的四个孩子今天能够有出息，是因为他们个个能吃苦。"

"那就让孩子跟你学学吃苦吧，我全力配合。"我诚心实意道。

"那好，这段时间里孩子所有的活动，都听我来安排。"张永泉很自信地看看女儿。

中午吃饭时，女儿只吃了一点点炒豆角，对西红柿炒鸡蛋和黄瓜凉菜一口没动，烙饼也一口不吃。见张永泉皱眉头，我忙解释："这孩子在家里时就挑食挑得厉害，这不吃那不吃的，那两样菜和烙饼，怎么劝她都不吃。"

"要不怎么长得像个豆芽似的，原来偏食偏得这么厉害，那得坚决改掉。"张永泉皱着眉，并不劝女儿吃那些东西，也不给她讲什么道理。

晚饭，桌子上摆的竟只有女儿平时从不吃的那两个菜和烙饼了，她过来一瞅，小嘴一撅："我不吃了。"

我想劝说她两句，张永泉冲我一摆手："别管她，不吃就饿着，我这儿没别的吃的，明天早上还是这些东西。"

女儿真的饿了肚子，虽说我有些心疼，却没有像在家里时为她找点儿别的食物。

第二天的早饭果然还是女儿不吃的那几样东西，女儿开始哭泣，张永泉虎着脸："哭也没有用，以后顿顿就吃这些，你不吃，就饿着。"

也许是饿得实在受不了了，又看没别的可吃的东西，女儿只得像吃药似的勉强地吃了一小块烙饼，又夹了两小口黄瓜凉菜。

稍稍休息了一会儿，张永泉便带我和女儿到玉米地里薅草。炎炎烈日下，女儿极不情愿地薅了几下，便开始罢工。张永泉告诉她薅不完那400多米长的一垅玉米，中午就不管她的饭。女儿早饭没吃多少东西，再让她薅完那么长的一垅玉米，连我都觉得有些难为她了，可张永泉自顾自地在前面薅草，一副说一不二的坚定样子。女儿在地头耍了一会儿赖，见向我求援也不管用，只得慢慢起身薅了起来。

我只薅了三垄，便累得气喘吁吁了。看到几乎从未干过体力活儿的女儿累得满头大汗，最后简直是在地里爬着薅草了，我怜爱地要过去帮她一把，张永泉用眼神止住了我。

也许是饿坏了，加上上午超强度的劳动，女儿中午居然一口气儿吃掉了两张大大的烙饼，还吃下了半碗西红柿炒鸡蛋。张永泉背后告诉我："瞧见了吧，让孩子尝尝饥饿的滋味，尝尝劳累的滋味，她就不会挑食了。"

得承认，张永泉这看似"冷酷"的一招，的确挺管用的，我软硬兼施了种种方法也没改变女儿偏食的毛病，他竟然在短短的两天里就给解决了。

下午，女儿赖在炕上不起来，张永泉不由分说地把她拉起来："不行，下午你必须还得薅一垄玉米，要不然就饿你两天。"默默在心里权衡了一下，女儿最后还是不情愿地下地了。薅到地头，张永泉表扬了女儿："其实你挺能干的，不是懒惰的孩子。"

接下来，每天清晨，张永泉都早早地把恋热被窝的女儿叫起来，让她跟着他去采猪菜，先是每天一小篮子，然后是每天一蛇皮袋子。一周后，干脆让她自己去采了，他不领着，也不让我陪她去。

一想到七岁的女儿要独自走三里多路，到田间、地头采一袋子菜，再自己扛回来，我心里都感到有些难为她了，但一想到此行的目的，只得狠狠心，听从张永泉的安排了。但我还是忍不住偷偷地跟在后面，观察了几次女儿采菜的过程。头两次，女儿来去都是哭哭啼啼的，但后来她居然喜欢上了采菜，因为她在采菜时，还找到了捉蝴蝶、采花、听鸟叫等乐趣。我不禁暗暗惊叹张永泉的劳动训练真的很巧妙。

一晃二十天过去了，女儿晒黑了许多，饭量也大增，不再偏食了,吃什么似乎都很香,最可喜的是她再不睡懒觉了,每天都能早早地起来,布置给她什么活儿,都能很快完成,不像在家时要么跟我讲条件,要么磨磨蹭蹭地半天也干不完。

回城前,张永泉有点儿不好意思地对我说:"这段时间,我让你女儿吃了不少苦头,你这个做母亲的心疼了吧?"

我点头承认,但还是很感激他:"我知道你的良苦用心,孩子确实变化了不小,改掉了不少毛病。"

"许多家长也知道让孩子吃点儿苦好,可一到现实生活里,他们又心疼起孩子来了,不忍看着孩子吃苦或不知不觉地让孩子少吃苦。其实,给孩子补这补那,都不如补点儿苦,孩子只有品尝到了苦,才会珍惜甜,就像你女儿尝到了挨饿的滋味,就知道了烙饼的味道其实也不错。别小看这吃苦,里面学问大着呢。能吃苦的孩子,忍受力就强,碰到挫折也不怕,慢慢地做事情的毅力就有了,自立能力潜移默化地就培养起来了,成功的机会自然就多了……"张永泉侃侃而谈他家教的秘诀——"吃苦经"。

其实,在日本、美国和英国等许多国家,都早已把"吃苦"列为孩子小时候必修的一门功课,他们采取了很多让中国的父母们惊讶的"苦难教育"方式,刻意磨练孩子。细细想来,作为当今中国的父母们,确实有必要果断地、科学地给孩子们补充一些苦,多给孩子一些苦的刺激,因为这不仅能让孩子学会一些基本的生活技能,更重要的是能培养孩子不怕吃苦、不怕困难的意志品质,能磨练孩子健康的心理素质,进而培养孩子的独立生活能力。

回到城市的家中,我又想方设法继续给女儿补了一些"苦",并让她在苦中找到快乐,找到趣味,找到"甜"。在"苦"中,锻炼了她的体力、智力、心理承受力,使孩子的综合素质得到真正的提高。

沉浸在一片静美里

夏日的午后，走过街角那个修鞋的小摊，我没有看到一个顾客，只看见那位年近七旬的老人，正倚靠在一把竹椅上，微眯着眼睛，轻轻摇晃着头，伴着半导体收音机里面播放的京剧，很惬意地哼唱着，一板一板地，仿佛一个超级的京剧票友。

一曲唱罢，老人拿起那个装了茶水的大罐头瓶子，美美地喝了一大口茶，舒坦地长舒了一口气，又调了一个波段，津津有味地听起了现代评书，一会儿的工夫，便让自己陶醉于那书中的世界，全然没在意全天还没有一个顾客光临他的修鞋摊。

悠然的老人，真让人羡慕。走出很远了，我仍情不自禁地回转头来，朝老人那边望去。我知道，他退休后便摆了这个鞋摊，生意不好不坏。他就住在对面的小区里，他有一个智障的儿子，四十多岁了，还要靠他赚钱养活。可是，我从没见过他愁眉不展，倒是常见他乐呵呵地，有顾客光临如此，一个人也如此。

回到一楼的家中，我站到窗前，看到住顶楼的小黄老师，穿一件干净的短袖衫，正在小区的院子里，满脸慈爱地看着五岁的女儿，将他准备装修房子用的那堆沙子，用一个红色塑料小桶，一桶一桶地运到花坛边，饶有兴致地堆沙堡。女儿的脸红扑扑的，有亮晶晶的汗珠滚落，她胖乎乎的小手上去一抹，细细的沙子，便金粉一样粘在了脸上。他看见了，笑得更灿烂了，他似乎想起了自己童年，也凑到女儿跟前，与女儿一道玩起了沙子，就像当年与小朋友们在一起玩泥巴那样，脸上也粘上了沙子，父女俩相视而笑。

沙堡堆好了，女儿只欣赏了一小会儿，便推倒了，又在小黄的指导下，开始信心十足地堆房子。她手中挥舞着一把小铲，像一个聪明而勤快的建筑师，在忙忙碌碌中，享受着满怀的快乐。

一只翩翩的蝴蝶，忽然从身边飞过，将女儿的目光吸引过去。她追逐着蝴蝶，两条高高翘起的小辫，可爱地摇摆着。蝴蝶飞走了，她又对花坛里那些花朵产生了兴趣。小黄走过去，指点着那些花朵，一一地向女儿报着花名：芍药、月季、打碗花、蔻蓝、鸡冠花、扫帚梅……女儿崇拜地问父亲怎么认识那么多花啊？小黄笑着告诉她，都是自己在书上认识的，要想认识更多的花，就要好好读书。女儿似有所悟地说，我长大了也要读好多好多的书，也要认识好多好多的花。小黄赞许地说，好孩子，我相信你将来一定会好好读书，会做一个热爱生活的人。

什么才算是热爱生活的人呢？女儿仰起笑脸，眼睛里盈满了天真。

热爱生活的人啊，就像你现在这样，对很多事情好奇，做事情投入，快快乐乐的，没有烦恼，也没有忧愁。

那就是一个幸福的人啊！女儿的嘴里突然蹦出这么有意味的一句。

对，对，就是做一个幸福的人。小黄赞赏地抚摸着女儿的头。明亮的阳光里，似乎也渗入了淡淡的花香。

望着阳光里的小黄老师和女儿那副旁若无人的投入，我的心里暖暖的，还有一缕缕的疼痛。我知道，小黄老师得了肝癌，医生说他的生命最多还能维持半年。可是，我从没有见到他悲伤过，更没听到他抱怨过。他跟我说过，他只想让自己沉浸幸福中，多留一些美好的记忆给妻子和女儿。

修鞋的老人和小黄老师，是我身边熟悉的两个人，也是令我十分敬佩的两个人。他们或是被生活的困顿缠绕，或是被宣告生命将提前谢幕，但他们没有愁容，没有抱怨，而是仍微笑着沉浸在一支唱段和一节评书里，微笑着沉浸在一堆细沙一朵小花里，那该是怎样的一种气度啊？唯有懂得从沧桑岁月中读出诗意的生命，才能如此满怀爱意地，以如花的笑靥，坦然地迎接人生的不幸。

请忧伤和哀愁走远，沉浸在一片静美里，我听到了花开的声音，看到了美好在绽开，一束一束的。

那一缕温暖叫永远

那时已是深冬,他和几位工友还留在北方一座城市里焦急地等待着一年的辛苦打工钱。几个人兜里的钱越来越少,他们的伙食差到了极点,每天吃的都是低价买的有霉味儿的陈米,菜则是从市场上拣回的发黄的菜叶和菜帮,放一点儿盐煮一煮,一点儿油水也没有。有人实在熬不住了,便带着深深的失望回去了,最后只剩下他和另一个年轻人在苦等着。

一天早上,他照旧去市场上拣菜叶时,碰到几个外省的打工者,从他们无所忌讳的交谈中,得知他们常常到附近居民楼的楼道里偷一些人家储藏的过冬菜。听他们说得那么轻松,就像拿自家的东西一样,他的心立刻被挠拨得痒起来。

回到栖身的阴冷的工棚,他跟那个正愁眉苦脸的同伴一说,同伴的眼睛也亮了起来,难熬的苦日子让两人也不去多想什么后果了,只盼着夜晚早早来临。晚上10点多了,天空飘起了稀稀落落的雪花,他和同伴互相鼓动着朝附近一栋高校教师宿舍楼走去。

很快,他们就在一个单元的五楼楼梯口,发现了住户储存的白菜、土豆和酸菜等,他们慌乱地装了一方便袋土豆,又拿了一串咸萝卜干,便急忙往楼下跑。毕竟是第一次做这种事情,他紧张得心脏都要跳出来了,他的同伴更紧张,在快到二楼时竟一脚踏空,顺着楼梯滚了下去,藏在怀里的土豆也散了一地。偏偏这时,又从外面进来几个人。他们慌张地夺路要逃,他手里的咸菜干也掉到了地上。一位妇女正好推门出来,一见他们那心虚的眼神和他手里的咸萝卜干,恍然大悟地大着嗓门喊道:"好啊,这回可抓住你们了,都说这几天这栋楼里闹小偷,放在楼道里的东西丢了不少,原来是你们干的。"

"我们是第一次来这里,以前不是我们偷的!"他争辩着,眼泪都要急出来了,心里直后悔今晚不该来。

听到吵嚷声,又有人从屋里出来,开始七嘴八舌地批评他们不该偷东西,有人还要打电话叫派出所来人把他们带走。这时,五楼的刘老教授走过来,仿佛很熟悉似的对他说:"原来是你们俩啊,怎么才走到这儿?我给你们拿的菜呢?"

"刘教授,您认识他们?"那位大嗓门的妇女一脸的惊讶。

"是啊,他们是我乡下的亲戚,在附近的建筑工地上打工,我刚才给他们拿了一点儿不值钱的菜。"刘教授微笑着向众人解释道。

"哦,原来是这样。"有人开始不好意思了,有人小声嘀咕:"看他俩那憨厚的样子,也不像是小偷,差点儿错怪人家了。"说着,人们便四下散去了。

"谢谢您,先生。"他感动得眼泪都要流出来了。

"不用谢我,我知道你们肯定有难处才来这里的。但是,我要告诉你们——无论多么难,都不要做错事。"刘教授把那个"错"

字咬得很重。

"我们记住了!"两个人一起大声地回答。

"先把这100元钱拿去花吧。"刘教授拉住他的手。

"不,不,您没有把我们当小偷看待,还认我们是亲戚,我们就感激不尽了。"眼前这位慈眉善目的刘教授,让他想起了故乡的祖父。

"拿着吧,小伙子,要不就算是我借给你们的吧,谁让我们是亲戚呢。"刘教授微笑着,不容推辞地将钱硬塞到他的兜里。

"您为什么要这样帮我们呢?"他激动得手颤抖着。

"因为我知道,有时,一点点的善,就能久久地温暖一个人,而一点点的错,也会毁了一个人。你们还这么年轻,今后的人生还长着呢。"刘教授最后一句话特别加重了语气。

"没错,就是那个冬天的夜晚,因为遇到了刘教授,我对那座城市和人生都有了新的认识,我不再抱怨人情冷漠,不再因为个人的得失而迁怒社会和他人,而更多的是带着爱意生活。"他在向我讲述上面的故事时,眼睛里流露着真切的感动。他告诉我——后来的日子无论多苦多难,他都咬牙挺过来了,再没有产生过一丝的邪念,因为他始终铭记着刘教授那温柔的目光和那慈爱的叮嘱⋯⋯

听了他的讲述,我的心似乎也被什么东西撞了一下——我相信,冬日里的那件小事,就像头顶和煦的阳光一样,会带给我们久久不散的温暖,让我们真切地感受到生活中的真、善、美,感受到爱的神奇与伟大⋯⋯